검은 태양

검은태양

장경선 글
장경혜 그림

청어람주니어
Chungeoram Junior

제1부

나는 일본군 위안부였어요

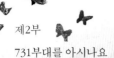

제2부

731부대를 아시나요

응답합니다, 송혜교!

퀸 그라스는 독일 출신의 노벨문학상을 받은 작가이지요. 제가 퀸 그라스를 좋아하는 이유는 '짓지 않은 죄'에 대한 자기반성을 하였기 때문이에요. 나치가 유대인들을 대량 학살할 때 작가는 어린아이이었어요. 그 당시 작가 자신이 어른이었다면 나치의 유대인 학살에 동조했을 거라며, 자신에게는 '짓지 않은 죄'가 있다고 고백했지요.

독일은 유대인 학살에 대해 철저한 반성과 사과를 하고 있어요. 유대인 학살자에 대해서는 공소 시효가 없어, 지금이라도 잡히면 처벌받게 되지요. 이러한 독일의 뉘우침은 유대인들의 철저한 기억이 있었기 때문이에요.

《검은 태양》은 일본군 '위안부'였던 은주와 731부대 소속 의사였던 미오 이야기예요. 인권이 유린당하고 인간의 존엄이 무참히 파괴되었던 위안소와 731부대의 현장을 대면했을 때 제 몸은 몹시 아팠어요. 나와는 상관없는 아주 오래된 일과의 대

면이었지만 한동안 음식을 소화할 수 없을 만큼 아팠지요. 그래서 힘들고 슬프고 아픈 역사는 자꾸 외면하고 싶어지는지도 모르겠어요.

1961년 12월, 나치 친위대 대령으로 독일이 점령한 유럽 여러 지역의 유대인들을 체포하여 강제로 이주시키는 일을 한 아돌프 아이히만이 이스라엘 법정에 세워졌어요. 600만 명의 유대인을 학살로 내몰았던 아이히만이 괴물처럼 생겼으리라 믿었던 사람들은, 옆집 아저씨처럼 지극히 평범한 그의 모습에 깜짝 놀라게 되지요.

"나는 명령에 따랐을 뿐이오. 나는 무죄예요."

"나는 유대인에 대한 증오나 연민 등 사사로운 감정이나 판단으로 행동한 것이 아니오. 오직 국가의 명령에 따랐을 뿐이오. 당시의 보편적인 기준에 충실히 행동했던 것이오."

이어지는 아이히만의 주장에 다시 한번 놀라게 돼요. 731부대의 총책임자였던 이시이 시로 중장 역시 전범 재판에 세워졌지만, 무죄 선고를 받았지요.

　그러자 정치 철학자이자 유대인이었던 한나 아렌트는 아이히만이 유죄임을 주장해요. 비록 상부의 명령이 있었지만, 자신으로 인해 죽어 갈 600만 명의 유대인(타인)들의 입장에 대해서는 생각지 못하는 무능함, 즉 '사유의 불능성'의 죄를 지었다는 것이지요.

　저는 한나 아렌트 주장에 공감해요. 타인의 아픔을 공감하는 마음이 평화의 마음이기 때문이지요. 진정한 평화는 전쟁이 멈춘 상태만이 아니라, 인종·종교·국가·이념·빈부에 따라 한 사람 한 사람의 인격과 존엄이 무시되거나 차별받지 않는 상태예요. 인간이 참으로 값진 존재임을 온몸으로 느끼는 순간이 바로 '평화'이지요.

이 이야기를 쓰기 위해 자료를 조사하는 과정에서 제가 맞닥뜨리게 된 건 '인간이란 무엇인가?' 라는 가장 본질적인 물음이었어요. 이야기를 마무리 짓는 순간까지도 전 '인간이란 무엇인지' 알지 못한 채 여러분과 만나게 되었어요.

그러나 제가 지독히 아픈 역사를 품는 이유는 여러분과 함께 기억하기 위해서예요. 기억한다는 건 응답하는 일이에요. 응답은 행동하게 만들지요. 전범 기업인 미쓰비시로부터 자동차 모델 제의를 받은 배우 송혜교가 모델 제의를 단칼에 거절할 수 있었던 건 일제 강점기의 아픈 역사를 기억하였기 때문이에요.

오늘, 여러분이 만나게 될 《검은 태양》이 저의 응답이자, 여러분의 응답이 되길 바라요.

장경선

1부

나는 일본군 위안부였어요

괜찮다, 다 괜찮다

뻐꾹, 뻐꾹…….

"은주야, 어서 피해라."

아버지의 놀란 눈이 나보다 먼저 다락으로 향했어요. 며칠 전 주재소로 끌려가 온몸 가득 시커먼 피멍이 들도록 맞고 겨우 살아 돌아온 아버지가 뭉그적거리는 나를 재촉하네요. 뻐꾹, 뻐꾹, 뻐뻐꾹…… 뻐꾸기가 바삐 우네요.

'저놈의 뻐꾸기…….'

애꿎은 뻐꾸기에게 화풀이했어요. 아버지가 끙끙거리며 아픈 몸을 일으켜 세우네요.

일흔을 훌쩍 넘긴 병든 할머니를 얼음장보다 시린 방바닥에 누이는 게 죄스러웠던 아버지는 한밤중에 몰래 뒷산으로 가 나무를 한 짐 해 왔어요. 그게 들통이 나 주재소로 끌려가 죽지 않을 만큼 맞고서 집으로 돌아왔지요. 아버지의 아버지, 그 아버지의 아버지 적부터 제집인 양 드나들었다는 산이었는데, 갑자기 대일본제국의 허락 없이 산에 올라가서는 안 된다는 법이 만들어졌어요. 엄마는 이 일을 두고 미치고 팔짝 뛸 일이라며 화를 냈지요. 엄마의 화를 돋우려 작정한 듯 산에서 약초를 캐거나, 불쏘시개 한 개라도 주워 왔다간 산림법에 걸려 벌금을 물어내야 한다는 엉터리 법까지 만들어 놓았지요.

"은주야……"

"쥐새끼가요……."

"괜찮다, 다 괜찮다."

아버지는 내 마음을 알아차리기라도 한 듯 나직이 속삭였어요. '괜찮다, 다 괜찮다.' 이 말은 아버지를 보호해 주는 강력한 무기 같아요. 아버지는 주재소에 붙들려 가 매타작을 당하고 왔는데도 '괜찮다, 다 괜찮다'며 웃었어요. 그런 아버지를 보고 엄마는 땅바닥에 주저앉아 꺼이꺼이 울었지요. 무엇이 괜찮은 것인지 알 수 없지만, 아버지에게는 모든 게 다 괜찮은 일인 것 같아요.

'괜찮다, 다 괜찮다.'

'괜찮다, 다 괜찮다.'

나도 아버지를 따라 했어요. 주문처럼 외우며 다락문을 열었지요.

"1월 20일까지 대일본제국을 위해 마을마다 처녀 한 명씩 바쳐라. 천황 폐하를 위하여 한목숨 기꺼이 바치자! 대일본제국을 위하여!"

"천황 폐하를 위하여!"

목에 핏대를 세운 순사와 바락바락 악을 쓰는 괭이 소리가 점점 가까이 다가오네요.

괭이는 밤낮으로 이 마을 저 마을 어슬렁거리다 여자아이가 눈에 띄면 갖은 방법을 동원해 끌고 가지요. 며칠 전 아랫마을 연자와 건넛마을 분희가 울며불며 어딘가로 끌려갔어요. 땅속이며 광속에 꼭꼭 숨어 있었는데 괭이는 어떻게 알고 찾아냈을까요.

"이놈의 가시나, 아직도 안 올라가고……."

엄마가 부엌으로 난 문을 열고 두 눈을 부릅뜬 채 나를 향해 종주먹을 치켜세웠어요.

"쥐새끼가……."

"또 그놈의 쥐새끼 타령. 당장 안 올라가? 순사한테 끌려가
는 것보다 차라리 쥐새끼한테 물리는 게 낫지!"

엄마가 달려와 황급히 다락문을 닫아 버렸어요.

어둠 속에 보이지 않는 녀석과 마주하고 있다는 게 얼마나
무서운지 겪어 보지 않은 사람들은 모를 거예요. 녀석은 내가
나타나기를 기다렸다는 듯 제멋대로 불쑥 튀어나와 위협해요.
지금 나에겐 순사보다 괭이보다 더 무서운 게 녀석이에요.

나는 바람이 좋아요

　녀석이 나타나기 전만 해도 다락방은 나만의 은밀한 비밀 장소였어요. 봄, 여름, 가을까지 열어 둔 덧문으로 따사로운 햇살이 들어와 다락 구석구석 숨어 있는 어둠을 몰아내고, 밤사이 사라졌던 온기를 불어넣어 주지요. 살랑살랑 부는 바람은 나무와 풀과 꽃 내음을 잔뜩 싣고 오기도 해요. 내 콧잔등에 송골송골 맺힌 땀을 씻어 주는 바람, 내 머릿결을 어루만져 주는 바람. 나는 바람이 좋아요.

　이건 진짜 비밀인데요……. 이 세상에서 나만 알고 아무도 모르는 진짜 비밀 말이에요. 덧문 사이로 길남이 오빠가 누렁소를 몰고 소 꼴을 뜯기러 방죽으로 나가는 모습을 볼 수 있었고, 신작로에 모여 새끼 자를 아주 멀리멀리 날려 버리는 모습도 실컷 볼 수 있었어요. 그러나 이젠 볼 수 없어요. 덧문이 닫혀 버렸기 때문만은 아니에요. 순사가 길남이 오빠를 강제로 끌고 가 버렸기 때문이지요.

녀석은 쉽게 정체를 드러내지 않아요. 녀석이 어디에 있는지 알 수 없는 게 더 불안해요. 목덜미가 서늘한 이 기분은 한마디로 죽을 맛이지요.

"여기가 황은주네 집이 맞는가?"

"맞긴 한데……."

엄마가 방문을 열며 대답하네요.

어른들은 순사보다 더 나쁜 놈이 괭이래요. '김민철'이라는 조선 이름이 있는데도 '괭이'라 불러요. 김민철보다 괭이라는 이름이 얼굴과 딱 맞는 건 사실이에요. 조선 사람이 조선 사람을 고발해, 제 목숨을 이어 가는 나쁜 놈이 괭이래요. 괭이는 밤낮으로 불쑥불쑥 나타나 집 안 구석구석을 뒤지고 다녀요. 이것 보세요. 끄르르……. 쇠꼬챙이 긁는 소리가 나지요. 전쟁에 쓰일 탄피 재료가 될 놋으로 된 물건을 찾느라 저 난리를 치는 거예요.

"이 집에 황은주란 처녀가 있다고 들었다."

"제 딸이긴 한데……."

"대일본제국을 위해 일꾼으로 보내는 건 어떤가?"

"이제 겨우 열다섯 살밖에 되지 않았습니다."

"열다섯 살이면 충분하다. 황은주는 어디 있는가?"

그때, 하마터면 소리를 꽥 지를 뻔했어요. 녀석이 정체를 드러냈거든요. 나는 얼른 손으로 입을 틀어막았어요. 녀석의 눈빛이 나를 쏘아보네요. 지금 이 순간, 내가 바람이라면 얼마나 좋을까요. 녀석도, 괭이도 모르게 자유롭게 훨훨 날아다닐 텐데요.

"그 앤 지금 없습니다."

"없어? 어디 갔지?"

"경성으로 부엌데기 보낸 지 며칠 됐습니다요."

엄마 목소리가 떨리네요.

"왜 우리 허락 없이 경성으로 보냈나?"

"그런 것도 허락받아야 하는 줄 몰랐습니다."

나도 녀석의 눈빛을 노려보았어요. 가슴이 콩닥거리고 온몸이 벌벌 떨렸지만 견뎌야 해요. 괜찮다, 다 괜찮다.

"벌금 준비는 다 됐겠지?"

"벌금이라뇨?"

"남의 물건을 훔쳤으면 벌금을 물어야지."

"저희가 언제 남의 물건을 훔쳤다고……."

"나무!"

엄마 말이 채 끝나기도 전에 괭이가 앙칼지게 소리를 질러요.

"제발 살려 주십시오. 입에 풀칠할 것도 없는데 벌금을 내라고 하시면……."

"그러게 누가 산림법을 어기랬나. 국민이 법을 지키지 않으면 나라가 어지러워진다는 거 몰라. 당장 벌금이나 내놔."

"나무 때문에 죽도록 맞고 온 아이들 아버지가 오늘도 물 한 모금 삼키지 못했습니다요."

"그건 우리가 알 바 아니다. 어서 벌금을 내라, 어서!"

괭이는 표독스럽게 엄마를 다그쳐요.

"나리, 며칠만 시간을 더 주십시오."

"며칠만 시간을 달라……."

"예, 예, 제발 며칠만 시간을 주십시오."

"며칠 시간을 주면 틀림없이 벌금을 물겠다는 건가? 그럼, 오늘은 이만 돌아가야지. 이틀 뒤에 다시 오겠다."

"이틀이라면······."

엄마 말꼬리가 흐려지네요.

"그때까지 안 되면 경성에 가 있는 딸을 데리고 오든지 마음대로 해라. 소문에 의하면 딸이 제법 예쁘고 노래도 잘 부른다지. 잘하면 벌금을 제하고도 돈을 몇 푼 건질 수 있을 거다. 으하하······."

사라지는 괭이 웃음소리가 녀석의 눈빛만큼이나 서늘해요. 순사와 괭이는 보이지 않는 덫을 놓고 돌아갔어요. 보이지 않는데도 옴짝달싹할 수 없는 그런 덫 말이에요.

'나도 쥐덫을 놓아야겠어.'

덫을 놔야겠어

　천천히 문고리를 잡았어요. 그 순간 녀석의 날카로운 이빨이 손등을 콱 깨물었어요.

"쥐, 쥐, 쥐, 쥐, 쥐……."

"쥐새끼 때문에 방정 떨다 괭이한테 잡혀가겠다."

"쥐새끼가 물었단 말이에요."

녀석에게 물린 손등에 작은 상처가 났어요.

"망할 놈의 쥐, 콱 죽어 버렸으면 좋겠네."

"당장 쥐덫을 놔야겠다."

"제가 놓을게요."

"잘 놔야지, 잘못 하면 네가 쥐덫에 치일라."

　아버지는 아픈 몸을 일으켜 헛간으로 갔어요. 따라가고 싶어도 방 밖으로는 한 발자국도 나갈 수 없어요. 잠시 뒤 시뻘겋게 녹슨 쥐덫을 들고 아버지가 방으로 들어오셨어요. 당장에라도 놈을 철커덕 조일 것처럼 날카로워요. 아버지는 녀석의 눈빛이 있던 그 자리에 쥐덫을 놓으며 다 괜찮아질 거라며 내 머리를 쓰다듬어 주었지요.

덤벼!

내가 다락문을 벌컥 연다. 눈이 부시게 밝았던 다락이 삽시간에 동굴 속처럼 어두컴컴하다. 나는 나보다 더 큰 쥐덫을 끙끙 끌고 다락으로 들어간다.

"넌 죽었다."

놈이 다니는 길목에다 쥐덫을 놓는다. 숨어서 쥐덫을 지켜본다.

온다.

철컥!

"살려 줘. 난 쥐가 아니야……"

괭이가 쥐덫에 걸렸다. 괭이가 발버둥 치며 살려 달라고 소리 지른다. 거대한 쥐가 일본 순사와 배를 잡고 웃는다. 나를 발견한 쥐와 일본 순사가 뒤를 돌아보고 비웃는다. 천천히 내 쪽으로 걸어온다.

"안 돼! 안 돼!"

"은주야, 은주야?"

"아버지……."

"악몽을 꿨구나?"

아버지 말대로 꿈이라 다행이에요.

"쥐 잡았다."

"죽었어요?"

아버지가 웃으며 천천히 고개를 끄덕였어요. 잽싸게 안방과 연결된 부엌문을 열었어요. 은식이와 은철이가 쥐 구경을 하고 있어요.

"쥐새끼는 죽었지?"

"헤헤, 죽었어."

은식이가 쥐덫을 내 앞으로 쭉 내미는 바람에 뒤로 발라당 넘어졌어요. 태어나서 지금까지 아무것도 먹어 본 적 없다는 듯, 녀석은 삐쩍 말라비틀어졌어요. 나를 노려보던 그 매서운 눈빛은 온데간데없고 반쯤 헤 벌어진 입을 다물지도 못한 채

죽어 있어요. 네 다리가 하늘을 향해 번쩍 치켜 올라간 게 밤
사이 살기 위해 엄청나게 발버둥 친 모양이에요.

"왜, 생각했던 것보다 작아서 실망했냐?"

"그게 그런 게 아니고……."

"요런 쥐새끼 한 마리가 무서워 벌벌 떤 게 한심하지?"

엄마가 퉁바리를 주며 웃었어요. 나도 슬그머니 웃음이 나왔
지요.

비구니 스님

"은주 아버지, 곰곰이 생각해 봤는데 오늘 밤에라도 은주를 다른 곳에다 피신시켜야겠어요. 괭이가 냄새를 맡은 것 같아요. 이틀 뒤에 오겠다고는 했지만, 오늘이라도 불쑥 나타나 우리 은주를 끌고 갈 것만 같아요."

"세상이 온통 왜놈 세상인데, 어디로 피신시키누……."

"하여튼 집은 안 되겠어요. 은주 있는 걸 눈치채고 온 게 분명해요. 그렇지 않고서야 은주를 데려오라고 생떼를 쓰겠어요. 어디가 좋지? 어디가 좋을까요……."

엄마가 손으로 가슴을 누르며 말했어요.

"은주 아버지, 전라도에서는 업자들이 모집인을 이용해서 처녀들을 모집해 간답니다. 공장에서 일 시키려고 처녀들을 데려가는 게 맞을까요? 돈을 많이 준다는 것도 믿을 수 있는 말인지 모르겠어요."

"언제는 쇠붙이란 쇠붙이를 강제로 빼앗아가고, 남자란 남

자를 모조리 끌고 가더니, 이제는 열 살만 넘었다 싶으면 여자
애들까지 끌고 가려고 난리를 쳐 대니……."

"말로는 처녀를 모집해서 공장 보낸다지만 실제로는 끌고 가
서 전쟁터 총알받이나 시킬걸요. 그러다 뼈도 못 추리고 그 자
리에서 죽고 말겠지요. 아이고, 무서워라."

엄마가 몸서리를 치며 가슴에다 손을 다시 갖다 댔어요.

"어디가 좋을까요, 어디가……."

"절은 괜찮으려나……."

"아! 절, 절이 있었네요."

"스님께 폐 끼치는 일이겠지만, 사정을 말씀드리면 받아 주시
겠지."

"지금은 은주부터 살려야 하니까 스님께 부탁해 봐요."

엄마 얼굴이 단박에 밝아졌어요. 언젠가 엄마를 따라 절에
갔을 때 뵌 적 있었던 마음씨 좋은 비구니 스님 얼굴이 떠올랐
어요. 하지만 스님에게 가는 것이 썩 내키지 않아요. 스님이 내
얼굴을 빤히 바라보고 빙그레 웃으며 했던 말을 아직도 기억하
고 있거든요.

"은주야, 너도 나처럼 중이 될래?"

"스님도 결혼할 수 있어요?"

내 물음에 스님이 고개를 살살 저었어요. 그래서 나는 스님은 되지 않겠다고 그 자리에서 대답했어요. 스님에겐 미안했지만, 결혼을 할 수 없는 스님은 절대로 되고 싶지 않았거든요.

"살았다, 살았다. 은주야!"

"스님이 날 싫어할 텐데……."

"싫어하긴, 널 얼마나 예뻐하시는데. 설마 팽이가 그 깊은 산속까지 쫓아가진 않겠지. 은주야, 스님만 믿고 잘 참고 기다리기만 하면 된다."

엄마는 부랴부랴 보자기에다 옷가지를 쌌어요.

양식과 양심

"천황 폐하께 한 가지 바치옵는
　정성이런만 총을 잡은 어깨는
　보람이 차는 것을……."

은식이와 은철이가 부르는 노랫소리가 녀석들보다 먼저 방으
로 들어왔어요. 엄마가 후다닥 보퉁이를 치우고는 방문을 열었
어요. 두 녀석이 저희 키보다 더 큰 작대기를 칼처럼 어깨에 메
고 순사 흉내를 내고 있어요.

"방으로 들어오너라."

아버지가 은식이와 은철이를 부르자 녀석들이 후다닥 방으
로 들어왔어요.

"그런 노래는 부르지 마라."

아버지가 두 눈을 부릅뜬 채 명령하듯 말했어요.

"팽이가 부르랬어요. 잘 부른다고 먹을 것도 줬는걸요."

"괭이가 주는 거 받아먹으면 거지 된다."

"집도 있고, 엄마 아버지도 있는데 왜 거지예요."

"남이 주는 걸 거저 받아먹다 보면 일하기 싫어지고 그러다
거지 된다."

"다른 애들도 다 먹는걸요, 뭐."

"너희는 받아먹지 마라."

"……."

은식이와 은철이는 대답하지 않아요. 괭이는 진짜 나빠요.
먹는 걸로 애들을 꼬드겼잖아요. 아주 치사한 어른이에요.

"괭이가 다른 말은 안 물어보디?"

"누나에 대해 막 물었어요."

"뭐라고?"

"누나 집에 있는 거 다 아니까 거짓말하지 말고 사실대로 말
하라고……."

은철이가 엄마 눈치를 살피며 말꼬리를 흐렸어요.

"없다고 했지?"

"없다고 했어요."

우물거리는 은철이 대신 은식이가 대답했어요.

"팽이가 또 물으면 누나 경성에 식모살이 갔다고 해야 한다. 알았지?"

"거짓말하면 잡아가서 주둥아리를 바늘로 꿰매 버린대요."

"저런, 쯧쯧……."

아버지가 혀를 찼어요.

"양심도 없는 놈……. 누나 살리는 거짓말이니까 괜찮다."

엄마 얘기에 은철이는 고개를 끄덕이면서도 입술을 손으로 막았어요. 그러더니 배고프다며 징징거리다 은식이를 따라 두레박으로 찬물을 건져 올려 꿀꺽꿀꺽 마셨어요. 엄마가 오늘은 그만 나가 놀라고 하자 심통이 났는지 할머니 방으로 들어가 버렸지요.

해가 지려면 아직 서너 시간은 더 기다려야 해요. 엄마는 애가 바짝바짝 탄다며 왼손을 자꾸 이마에 갖다 대며 한숨을 내쉬었어요.

"엄마, 벌금은요?"

"넌 그런 거 생각하지 않아도 된다. 다 괜찮을 거야."

"엄마가 끌려갈까 봐요……."

"아버지도 나도 양심을 지키고 살았으니 다 괜찮다."

엄마 입에서 나온 '양심'이란 말이 바윗덩이가 되어 가슴으로 쿵 떨어졌어요. 마치 태어나서 처음 들어보는 말처럼요.

"결정하기 어려운 일이 있으면 이렇게 가슴에 손을 얹고 양심에다 물어보고 행동하거라. 양심을 파는 행동을 해서는 절대 안 된다. 알았지?"

나도 엄마처럼 가슴에다 두 손을 얹고 지그시 눌렀어요. 콩닥콩닥 뛰는 심장이 양심 같아요. 그러면서 '양심'이라는 말이 꼭 '양식' 같다는 생각을 했어요.

"길바닥에 버려진 못 하나 주인 허락 없이 주워 오지 않는 사람이 네 아버지다."

"착하게 사는 사람은 잡혀가고, 왜놈에게 잘 보이는 사람은 잘살잖아요. 괭이처럼요."

"그래도 착하게 살아야 한다."

아버지가 내 얼굴을 바라보며 말했어요.

"지금 당장 괴롭다고 양심을 팔면 되겠냐. 양심을 판 놈들은 지금이 아니더라도 나중에 반드시 천벌을 받을 거다."

"나중, 언제요?"

"멀지 않았다."

아버지는 이 말을 남기고 밖으로 나갔어요. 엄마가 은주 손을 잡고 말했어요.

"나뭇가지 몇 개 가져왔다고 생사람을 이리 잡아 놓았겠냐. 왜놈에게 잘 보이려고 환장한 괭이 같은 놈들이 독립군이다 뭐다 해서 올가미를 아버지한테 덮어씌우려는 거다. 널……."

엄마가 뒷말을 침과 함께 삼켰어요. 독립군으로 몰리면 절대 살아남지 못한다는 걸 조선 사람이면 다 아는 사실이지요.

"괭이가 원하는 대로 공장에 가면 아버지도 독립군이란 의심이 풀리지……."

"아서라. 넌 그런 걱정이랑 눈곱만치도 하지 말고 몸 성히만 있어. 머지않아 왜놈들이 싹싹 빌 날이 올 테니까. 지금은 세상이 거꾸로 가느라 양심 없는 놈들이 판을 치지만, 곧 왜놈 나라는 망한다."

"그런 날이 정말 올까요?"

"온다, 반드시 온다."

그날이 오기까지 양심을 지키는 일은 쉽지 않을 거예요. 사람들은 점점 양심을 팔아 양식을 얻고 있으니까요.

조선 최고의 가수가 될 거야

　밤이 깊었어요. 은식이와 은철이는 잠들었고, 잠든 할머니의 밭은기침 소리가 간간이 들려오네요. 시렁 위에 올려놓은 상자를 내려 복주머니 속에 넣어 둔 나무 새를 꺼내 손바닥 위에 올려놓았어요. 길남이 오빠가 소나무를 깎아 만든 나무 새예요. 나무 새는 날고 싶은 듯 날개를 활짝 펼치고 있어요.

　"날고 싶어?"

　"……."

　"나랑 가자, 괜찮지?"

　"……."

　나무 새는 부리를 꼭 다물고 있었지만 나와 함께 가고 싶다고 말하는 듯했어요. 엄마가 부르네요. 얼른 밖으로 나왔어요.

　"스님 말씀 잘 듣고 있으면, 곧 데리러 가마."

　"네……."

　"다 괜찮을 테니 걱정하지 마라."

아버지가 내 머리를 쓰다듬어 줬어요.

엄마와 나는 숨소리마저 죽여 가며 살금살금 삽짝을 나와 골목길을 걸었어요. 밤마다 죽기 살기로 짖어 대던 개들이 토종개란 이유만으로 죽임을 당한 터라 마을은 조용해요.

어둠에 푹 잠긴 마을은 불빛 하나 새어 나오지 않아요. 오랫동안 알고 있던 별들만이 조심해서 가라고 조용조용 뒷산 가는 길을 밝혀 주네요. 별빛이 맞잡은 엄마 손만큼이나 따뜻하게 느껴졌어요.

엄마와 나는 한마디도 하지 않고 걷다 뒷산 입구 당산나무에 도착해서야 길게 숨을 내쉬었어요. 올해 정월 대보름에 마을 사람들은 풍년과 마을의 안녕을 위해 이곳에서 제사를 지내려 했지요. 괭이와 순사가 제사를 망치지 않았다면 징 소리, 꽹과리 소리로 동네가 떡떠글댔을 거예요. 당산나무는 그날의 기억을 고스란히 간직하려는 듯 가늘고 길게 자른 색색의 문종이를 가지가지마다 매단 채 어둠 속에 서 있네요. 마치 엄마와 나를 마중 나온 듯이 말이에요. 엄마가 당산나무 앞에 서서 두 손을 모았어요. 나도 두 손을 모으고 더는 나쁜 일이 생기지

않게 해 달라고 빌었어요.

뒷산은 약초도 캐고, 진달래도 따 먹고, 고사리며 송이버섯을 따러 집처럼 드나들던 곳이었지요. 산림법이 만들어진 뒤로는 드나들 수 없었지만, 이렇게 한밤중에 오는 것은 처음이에요. 그것도 엄마와 단둘이서요. 붕붕 배고픈 부엉이 울음소리에 깜짝깜짝 놀라게 되네요. 천 년 묵은 구미호가 사람의 간을 빼먹기 위해 나타날지도 모르니까 조심해야 해요.

"엄마, 우리 무섭지 않게 '꽃마차' 노래 부르자."

"부를 줄 알아?"

"노래하자 꽃 서울, 춤추는 꽃 서울, 아카시아 숲속으로 꽃마차는 달려간다."

"잘 부르네, 우리 딸."

"엄마, 내가 이다음에 돈 많이 벌어서 엄마 꽃마차 태워 줄게요. 난 이애리수처럼 조선 최고의 가수가 될 거니까요."

"어이쿠, 우리 은주 덕분에 꽃마차를 다 타 보겠네."

"엄마도 이애리수 같은 가수가 되면 좋았을 텐데."

엄마는 동네에서 소문난 가수였는데, 외할아버지의 반대 때문에 진짜 가수가 될 수 없었다고 해요. 엄마가 부른 노래를 듣고 첫눈에 반했다는 아버지 이야기는 들어도 들어도 지겹지 않아요. 그때였어요.

"꼼짝 마라!"

쏟아지는 불빛 때문에 저절로 눈이 감겼어요.

"은주야, 도망가!"

엄마가 소리치며 내 몸을 확 떠밀었어요.

"어디든지 멀리 도망가, 어서…… 아아악…… 으으으……"

"엄마……"

"어서 가……"

"엄마, 엄마 괜찮아요? 엄마……"

"난 괜찮으니까…… 도……"

"엄마……"

"쥐새끼처럼 내 손아귀를 빠져나가려고? 어림도 없지……"

억센 손이 내 팔을 움켜쥐었어요.

"내가 놓은 덫에 제대로 걸려들었어. 으하하……. 뭐, 경성? 여기가 경성인가……. 으하하!"

괭이었어요.

"팔면 제법 큰 돈을 받겠어."

"엄마…… 엄마……."

엄마가 대답하지 않네요.

"엄마, 엄마를 찾아야 해. 에이……."

"으악…… 이년이……."

팔뚝을 물린 괭이가 주먹질과 발길질을 해 댔어요. 그 바람
에 난 정신을 잃고 말았지요.

새 주인

팽이 손에 끌려 도착한 곳은 일본 사람 집 마당이었어요. 트럭 두 대가 서 있는 마당에는 횃불이 켜져 있어 대낮처럼 환했지요. 어디서 끌려왔는지 수없이 많은 여자들이 두 무릎 사이에 얼굴을 묻은 채 쪼그려 앉아 오들오들 떨고 있었어요. 여기저기에서 흐느끼는 소리도 들렸고요. 팽이가 그들 속으로 나를 밀쳐 넣었어요.

"괜찮니?"

옆에 있던 언니가 내 손을 잡으며 물었어요. 언니도 끌려오다 맞았는지 얼굴에는 시퍼런 멍이 들었고, 입술도 터져 피가 났어요.

"언니도 피 나."

"난 괜찮아. 너처럼 어린아이까지 데려오다니……."

"언니는 어떻게 왔어?"

"방직 공장에 취직시켜 준다고 해서 왔는데……."

언니가 말꼬리를 흐렸어요. 일본 군인 한 명이 총구를 겨눈 채 우리를 노려봤기 때문이에요. 당장에라도 총알이 튀어나올 것 같아요. 그 사이 몇 명의 여자아이들이 더 끌려왔어요. 나처럼 오다가 맞았는지 얼굴에는 상처가 심해요.

"내 이름은 다나카다."

군복을 차려입은 다나카는 하늘 높은 줄은 모르고 땅 넓은 줄만 아는지 숨을 들이마실 때마다 군복이 터질 듯 함지박만 한 배가 실룩거렸어요.

"난 너희를 아주 비싼 돈을 주고 샀다. 그러니까 너희의 주인이란 말이지. 이제부터 내 말을 듣지 않으면 이 총으로 무조건 죽여 버릴 테다. 모두 트럭에 타라."

"전 괭이한테 강제로 끌려왔어요."

"그럴 리가 없다. 난 분명히 널 데려온 사람에게 500원이라는 큰돈을 주었다."

괭이가 기를 쓰고 날 잡으려 했던 이유를 이제 알겠어요. 괭이는 엄마에게 절대 돈을 주지 않을 거예요. 500원이라는 말에 여기저기서 벌집을 쑤셔 놓은 듯 웅성거렸어요.

"조용! 난 분명히 500원을 줬다. 너희는 나에게 500원을 빚진 것이다. 너희가 도망치면 너희 부모에게 500원을 받겠다는 서명도 받아 놓았다. 그러니 도망칠 생각은 꿈도 꾸지 마라. 알았나? 어서 타! 늦었다, 늦었어!"

다나카가 짧은 발을 동동거리며 재촉했어요. 군인도 다가와 총구를 겨누며 어서 타라고 재촉했지요. 여기저기서 울음이 터졌어요.

"조용! 그 입 다물고 어서 타라. 갈 길이 멀다. 어서 타, 어서."

"엄마가 돈을 받았는지 확인해 봐야겠어요."

"받았으니, 어서 타."

군인이 나를 번쩍 안아 트럭에다 던졌어요. 이내 시동이 걸렸어요.

"집으로 보내 줘!"

"집으로 가게 해 달라고!"

나는 소리를 지르며 주먹으로 트럭을 쳤어요. 다른 여자아이들도 따라 했지요.

"조용히 해. 모두 앉아라."

트럭에서 내린 일본 군인이 가죽 채찍을 휘갈겼어요. 쫙, 채찍이 몸에 닿자 살갗이 찢어질 듯 아파요. 그렇지만 이대로 트럭이 출발해 버리면 엄마를 볼 수 없어요.

"그 입 좀 다물지. 네가 바락바락 악을 쓴다고 집에 갈 수 있을 것 같아? 저놈들 감정을 건드려서 좋을 건 없잖아."

앞에 앉은 여자아이가 나를 노려보며 차갑게 말했어요.

"집으로 갈 거야. 갈 거라고!"

"너 때문에 우리가 맞는 거 안 보여?"

"순이야, 참아."

다른 여자아이가 순이 팔을 잡아끌었어요. 채찍에 맞은 사람들이 여기저기 쓰러져 신음을 내며 울었어요. 나는 채찍에 맞은 오른팔을 감싼 채 그 자리에 주저앉아 울었어요. 그 사이 트럭은 요란한 소리를 내며 몸을 움직였어요.

"엄마아아아……."

"엄마……."

엄마는 대답이 없어요.

트럭은 어둠 속을 달렸어요. 나는 복주머니에 넣어 둔 나무 새를 꺼내 품에 꼭 안았어요.

'울지 마, 은주야.'

나무 새가 속삭였지만, 자꾸 눈물이 나왔지요.

엄마, 엄마는 지금 어떻게 됐어요? 혹시 죽은 건 아니지? 모두 나 때문이에요. 엄마, 죽으면 안 돼요. 내가 돈 많이 벌어서 꼭 꽃마차 태워 줄게요. 엄마 내 말 다 듣고 있어요? 그런데 엄마, 너무 무서워요. 아버지가 옆에 있다면 '괜찮다, 다 괜찮다'하고 말해 줬을 텐데요. 괜찮다, 다 괜찮다. 괜찮다, 다 괜찮다…….

알 수 없는 길

　눈을 떴는데 덜덜덜 온몸이 마구 떨려요. 쿨룩쿨룩, 여기저기서 기침을 해요. 잡혀 왔을 때 나를 위로해 준 순분 언니가 검은 천 가리개를 들춰 밖을 내다보고 있어요. 밖이 훤해요. 길 가장자리에는 하늘이라도 찌를 듯 나뭇잎을 모두 떨군 미루나무가 일정한 거리를 두고 서 있어요. 그 미루나무에는 군데군데 새들이 장식처럼 집을 지어 놓았어요.

　"뒤따라오던 트럭은 다른 곳으로 갔나 봐. 우린 지금 점점 북쪽으로 가고 있어."

　"일본이 아니고?"

　"너처럼 어린애들을 전쟁터로 끌고 가 어디에 쓰려고……. 너 화장실 안 가고 싶어?"

　언니가 물어봐서인지 소변이 마려웠어요. 잠이 깬 언니들도 화장실에 가고 싶은지 아랫배를 움켜쥐고 있어요. 그때 마침 트럭이 멈춰 서더니, 총을 든 군인과 다나카가 내렸어요. 천 가리개를 둘둘 말아 올리며 말했어요.

"자, 지금부터 모두 내려서 볼일을 본다. 기차역에 도착할 때까지 두 번 다시 서지 않을 테니 모두 내려서 볼일을 봐라. 만약 허튼수작을 부렸다간 이 총이 가만두지 않을 거다. 빨리 내려라."

다나카의 명령에 우르르 논으로 들어갔어요. 총을 든 군인이 따라붙어 볼일 보는 우리를 감시했어요. 몇몇은 큰일을 보는지 쪼그리고 앉아 끙끙거렸어요.

"볼일이 끝난 사람들은 트럭에 올라타라."

다나카가 차 문짝을 두드리며 소리를 질렀어요. 나는 다나카와 군인을 살피며 아랫배에다 힘을 주는 척 끙끙거렸지요. 총을 든 군인이 트럭에 잘 오르지 못하자 악다구니를 퍼부어요. 나는 잽싸게 속바지를 추켜세우며 벌떡 일어섰어요.

"잡아라! 도망간다, 잡아라!"

다나카가 군홧발을 구르며 소리를 질러요. 누군가가 논을 가로질러 도망치고 있어요. 순분 언니가 내 손을 움켜쥐었어요.

"저 애가 너보다 한발 빨랐어. 넌 이제 저 애 몫까지 살아야 해."

여자아이는 달리다 넘어지고 다시 일어나 달렸어요. 군인이 그 뒤를 따라붙으며 총을 쏘았어요.

탕!

여자아이가 비틀거리더니 그 자리에 주저앉았어요.

탕!

여자아이는 쓰러졌어요. 잠시 꿈틀거리더니 이내 움직임이 멎었어요.

"빌어먹을, 저게 얼만데. 내 돈 500원⋯⋯. 아이고, 내 돈 500원⋯⋯."

다나카가 군홧발로 애꿎은 땅을 차 대며 화풀이를 해 댔어요.

"도망치는 걸 지켜만 본 너희 죄가 크다. 500원은 너희 빚에 다 포함시키겠다."

"말도 안 돼요."

"도망치지 못하게 붙잡았어야지."

"저 애 부모에게 받아요."

순이가 앙칼지게 대답했어요.

"이렇게 멀리 와 버렸으니 너희에게 받기로 하겠다. 너희 빚

은 도망친 아이 때문에 더 늘었다. 화풀이하려면 저기다 해라."

다나카는 시체를 가리키며 말했지요.

"다시 말하겠다. 도망치다 죽으면 여기 있는 너희가 빚을 나눠 갖게 될 것이다. 빚이 쌓이는 것은 나 때문이 아니라 도망친 사람 때문이라는 걸 너희는 명심해야 한다. 그러니, 누가 도망칠 낌새가 보이면 당장 나에게 신고하거라."

다나카는 제 생각이 대견스러웠는지 만족스럽게 웃었어요.

"우리가 빚을 나눠 가졌으니, 시체는 묻어 주고 가죠."

"너도 저렇게 죽고 싶어?"

"우리가 빚을 나눠 가졌는데 이 정도 부탁은 들어줘도 충분하잖아요."

순분 언니가 차분히 말했어요.

"시끄럽게 굴지 말고, 트럭에나 타."

"사람이 죽었는데 까마귀밥을 만드는 건 너무하잖아요."

"타기나 하라니까."

다나카의 신경질적인 소리에 군인이 총구를 휘둘렀어요. 그 바람에 우리는 허겁지겁 트럭에 올라타야 했지요. 까옥까옥,

까마귀가 하늘을 빙빙 날다 이내 논 가운데로 내려앉았어요.

저녁이 되어서야 트럭이 멈춰 섰어요. 다나카와 군인이 빨리 빨리 내리라며 으름장을 놓아요. 어딘지도 모르고 앞사람을 따라 걷는데 빠아앙 기차 들어오는 소리가 들렸어요. 이 기차를 타면 영원히 집으로 돌아올 수 없겠죠. 뒤를 돌아보지만, 엄마는 없어요.

빠아앙, 기차는 요란한 울음을 토해 내더니 어둠 속을 내달려요.

"아껴 먹도록 해."

다나카가 주먹밥을 나눠 줬어요. 그러고 보니 어제저녁부터 지금까지 먹은 거라곤 주먹밥 한 개뿐이네요. 굶는 일을 밥 먹듯 해 왔는데도 시도 때도 없이 배는 고파요. 허겁지겁 주먹밥을 먹었지만, 여전히 배는 고파요. 눈꺼풀이 스르륵 내려앉아요. 배고픔을 달래기 위해 할 수 있는 건 잠자는 것밖에 없어요. 자고, 자고, 또 자고……

엄마, 잘 지내고 있어요?

물밖에 먹을 게 없는 우리 집이지만 우리 집에 갈 수 있으면 얼마나 좋을까. 여기서 도망치면 우리 집을 찾아갈 수 있을까? 엄마, 여기는 낙동강이 흐르고 미루나무 가지에 까치집이 걸려 있는 우리 마을보다 더 추워요. 봄인데도 겨울 같아요. 몸도 춥고 마음도 시려요. 언젠가 나 배 아플 때 엄마가 손으로 쓱쓱 문질러 줬잖아요. 그때처럼 엄마가 나를 문질러 줬으면 좋겠어요. 엄마, 잘 있지요? 아버지랑 할머니, 은철이와 은식이도 다 잘 지내지? 나만 집에서 너무 멀리 와 버렸어. 집에 가고 싶어요.

해골들의 행렬

그렇게 낯선 곳을 만나고 낯선 곳을 지나 다시 트럭을 타고 낯선 곳에 도착하기까지는 닷새나 걸렸어요. 봄이 왔건만 이곳 4월은 고향 마을보다 훨씬 추워요. 찢어진 옷 사이로 알싸한 바람이 스칠 때마다 살이 저미듯 아파요. 몸속 기운이 모두 빠져나가 버릴 때쯤 힘 빠진 트럭이 빵빵, 경적을 울렸어요. 기다렸다는 듯, 한 무리의 군인들이 마당을 가로질러 뛰어오며 소리를 질러요.

"이야아아아아……."

트럭은 고삐 풀린 망아지들의 성질을 돋우듯 달리다 다시 천천히 움직여요.

"이야아아아아아……."

트럭에 매달린 군인들이 더러운 손으로 여자아이들의 치마를 잡아끌어요.

"모두, 돌아와라!"

부대 입구에서 군인 대장이 소리를 질렀지만, 군인들은 계속 따라붙어요. 탕! 탕! 탕! 총성이 울리고서야 안타까운 건지 화가 난 건지 모를 얼굴을 한 군인들이 부대로 돌아갔지요. 얼마나 무서웠는지 가슴이 콩닥콩닥 뛰었어요.

털털거리며 달리던 트럭이 '731부대'라고 적힌 푯말 앞에서 다시 멈춰 섰어요. 보초를 서던 헌병이 어서 지나가라는 듯 손짓을 했어요. 다른 군인들은 보이지 않아요. 731부대는 2층 회색빛 건물 여러 채가 연결되어 있고 아래 위층으로 커다란 유리창이 일정한 간격을 둔 채 달려 있었어요. 그 건물 앞에 건물의 지붕보다 한 뼘 정도 큰 나무가 우뚝 서 있었는데, 다행히 총알을 맞은 흔적은 없었어요. 이제 막 새순을 틔우려는지 군데군데 연둣빛이 돌았어요. 나무 꼭대기쯤에는 몇 채의 새집도 품고 있네요. 까치집일까요? 그런데 저게 뭘까요? 부대 건물 크기보다 유난히 높게 솟은 기둥인데 굴뚝이에요. 시커멓게 그을린 두 개의 굴뚝이 하늘이라도 찌를 듯 위풍당당이에요. 저것 보세요. 내 생각이 맞았어요. 굴뚝에서 시커먼 연기가 쏟아져 나오더니 삽시간에 하늘을 뒤덮었어요.

"웩, 냄새가 지독하네, 웩……."

머리가 지끈거리더니 속까지 메슥거렸어요. 순분 언니도 목을 잡고 캑캑거렸지요.

"사람이라도 태우나……."

"그러게. 저 연기 좀 봐, 원한을 품은 처녀 귀신같다. 으흐흐……."

"무섭다, 그만해."

"머리카락 태울 때 나는 냄새 같기도 해."

모두 연기를 바라보며 코를 쥐고 얼굴을 찌푸렸어요.

"어머, 저기 저 사람들 좀 봐. 해골 같아."

부대 마당을 뼈만 남은 사람들이 한 줄로 선 채 어딘가로 가고 있어요. 그들은 마치 앞을 볼 수 없는 사람처럼 비틀거리며 걸었는데 걸쳐 입은 잿빛 옷마저 힘에 부쳐 보여요.

"병 걸린 군인인가……."

"해골 부대 같아. 우리도 저렇게 되는 건 아니겠지……."

누군가의 말에 부르르 몸서리가 쳐졌어요.

다리를 질질 끌며 걷던 한 남자가 앞으로 푹 고꾸라졌어요.

아무도 일으켜 주지 않아요. 어쩌면 일으켜 줄 힘이 없는지도 모르겠어요. 행렬은 계속 이어지는데도 쓰러진 남자는 좀처럼 일어서질 못하네요. 피우던 담배를 군홧발로 짓뭉갠 뒤 달려온 군인이 욕을 해 대며 뼈만 남은 남자를 군홧발로 걷어차고 있어요. 남자가 몇 번 움찔움찔하더니 더는 꼼짝하지 않네요. 그 사이 해골 부대 행렬은 건물 뒤편으로 사라졌어요.

힘 빠진 트럭이 멈춰선 곳은 731부대를 지나 붉은 벽돌로 지은 단층 건물이에요. 담벼락에는 '핑팡 위안소'라는 명패가 붙어 있어요.

내 방

"내가 너희를 500원에 사 온 사실은 모두 알고 있겠지만, 다시 한번 말해 두겠다. 몸값 500원에 트럭 이용료, 도망치다 죽은 아이 몸값, 밥값까지 다해서 너희는 각자 600원의 빚이 있다."

"우리가 오고 싶어서 온 것도 아닌데 600원은 너무해요."

"공짜란 없다. 600원을 다 갚기 전에는 이곳에서 절대 나갈 수 없어."

"그럼, 빚을 갚으면 나갈 수 있나요?"

"그렇다. 빚을 다 갚으면 언제든지 보내 주겠다."

"어떻게 하면 빚을 갚을 수 있죠?"

"열심히 일하면 된다. 너희가 하는 일은 천황 폐하와 나라를 위한 일이다."

다나카가 벽에 걸린 일장기를 가리키며 대답했어요.

"지금부터 이름을 부를 테니 이걸 들고 각 방문 위에다 걸어

놓아라. 기미코, 기미코, 빨리빨리 움직여라."

다나카가 한 명 한 명 이름을 불렀어요. 기미코가 앞으로 나가자 이름이 적힌 명패를 건넸어요.

다나카 말대로 건물 문을 열고 들어가니 곧게 뻗은 복도가 보였어요. 복도 양쪽으로 방들이 촘촘히 있어요. 나도 출입문 위에다 '이찌에'라는 이름이 적힌 명패를 걸었어요. 내 방이 생기다니, 불안했던 마음이 조금은 가라앉았어요. 순분 언니가 바로 옆방이란 것도 마음에 들고요.

문을 열고 들어가니 5제곱미터가량 되는 방이 보여요. 벽과 바닥이 나무로 되어 있어 걸을 때마다 삐거덕삐거덕 소리가 났어요. 방에는 푸르스름한 담요가 깔린 침대도 있어요. 쇠로 만든 둥근 삼발이 위에 손을 씻을 수 있는 세면대가 있고, 그 옆에 수건이 걸려 있어요. 벽에는 작은 광목 커튼이 쳐져 있는 게 창문이 있나 봐요. 커튼을 젖히고 창문을 열었어요. 싸한 바람이에요. 굴뚝에서 나온 연기 냄새가 아직 묻어 있네요. 어느새 밖은 어둠이 내려앉았어요. 오늘 밤은 잠이 오지 않을 것 같아요. 이런 날이면 엄마랑 별 하나 나 하나, 별 둘 나 둘…… 수

를 세곤 했지요. 엄마는 그리움인가 봐요. 생각만 했는데도 가
슴이 아프고 목이 메고 눈물이 나와요.

침대 끄트머리에 앉자, 삐거덕 비명을 질러요. 나도 그만 울
음을 터트리고 말았어요. 엄마아…… 물기를 잔뜩 빨아들인
솜처럼 무거워진 몸이 으슬으슬 추워요. 담요를 어깨에 걸쳤어
요. 그래도 몸이 덜덜덜 떨려요.

엄마, 잠이 오지 않으면 어쩌지? 여긴 너무 무서워요. 엄마
가 내 옆에 있으면 얼마나 좋을까…… 난 매일 엄마에게 편지
를 써요. 부칠 수 없는 마음속 편지. 엄마 보고 싶어요…….
엄마, 오늘 밤에는 엄마 대신 나무 새를 안고 자야겠어요. 나
무 새가 있어 다행이에요. 괜찮아, 다 괜찮아. 괜찮아, 다 괜찮
아…….

무서운 꿈

"으악……."

미처 편지를 다 쓰지 못했는데, 밖이 너무 소란스러워요. 밖으로 나가고 싶지만, 몸이 말을 듣지 않아요. 그때 방문이 벌컥 열렸어요. 모자를 푹 눌러 쓴 일본 군인이에요.

"누… 누구세요?"

"……."

대답 대신 술에 취한 군인이 비틀거리며 걸어와 뭔가를 획 던졌어요. 펄럭이며 떨어진 종이는 돈처럼 생겼어요. 나는 종이를 바라보며 물었어요.

"이게 뭐예요?"

"군표다."

"군표가 뭔가요?"

"돈이다."

느닷없이 들어와 빈정거리는 일본 군인의 말투는 마음에 들지 않아요. 화가 났어요. 다락방에 숨어든 쥐처럼 예의 없이 남의 집에 불쑥 들어온 것도 마음에 들지 않는데 말이에요.

"왜 나한테 이런 걸 주죠? 난 거지가 아니에요."

"여기가 어떤 곳인지 모르는가?"

"여긴 제 방이에요. 제 허락 없이 들어오지 마세요. 당장 나가 주세요."

"나가라?"

"그래요. 나가 주세요. 당장 나가지 않으면 사람을 부르겠어요."

나는 순분 언니 방 쪽 벽을 주먹으로 두드리며 언니를 불렀어요.

"으아악……."

"언니, 순분 언니……."

"악……."

대답 대신 언니의 비명만 들릴 뿐이에요.

"여기 와서 앉아."

"나가 주세요. 제발 나가 주세요. 으흐흑……."

"아무 짓도 하지 않을 테니 여기 와서 앉아."

"……."

"내가 여기서 나가면 넌 다른 위안부들처럼 될 거야. 그러니 여기 와서 내 얘길 들어. 오기 싫으면 거기서 들어도 좋고."

일본 군인이 침대에 철퍼덕 앉더니 괴로운 듯 머리를 감쌌어요.

'은주야, 도망가.'

그 순간 엄마 목소리가 들려왔어요. 나는 문 쪽을 향해 슬금슬금 몸을 움직였어요.

"내 꿈은 불쌍한 사람들을 치료해 주는 의사가 되는 거였어. 살아 있는 사람을 죽이는 의사가 되고 싶진 않았다고……. 으흐흐… 으하하… 으흐흑!"

군인은 알 수 없는 이야기를 주절주절 늘어놓아요. 나는 천천히 문고리를 잡았어요.

"난 죽일 마음이 전혀 없었어. 명령에 따랐을 뿐이야. 명령 알지?"

그때, 무섭고 낯선 군인의 시뻘게진 눈과 마주치고 말았어요. 잽싸게 문을 열고 도망쳤어요. 일본 군인이 뒤쫓아 왔어요. 나는 힘껏 달려 복도 끝 현관 입구에 서 있는 군인 뒤로 가 숨었어요.

"살려 주세요. 저 사람이 절 죽이려 해요."

"들어가라! 당장 들어가라!"

"저 사람이 절 죽이려 한다니까요."

"당장 들어가지 않으면 흠씬 패 줄 테다."

군인이 눈을 부라리며 으르렁거렸어요. 그때 다나카가 뛰어 나왔어요.

"저 사람이 절 죽이려 해요."

"들어가라!"

다나카도 군인처럼 말했어요. 나는 군인이 있는 방으로는 가고 싶지 않아요. 무릎을 꿇고 두 손을 싹싹 빌었어요. 화가 난 군인이 군홧발로 무릎을 짓눌렀어요. 그때 방 안에 있던 군인이 다가와 다나카에게 돈을 건넸어요. 그러자 다나카가 연신 고개를 숙이며 감사하다는 말을 했지요.

나는 다시 방으로 되돌아왔어요. 낯선 군인은 돌아가고 없지만 떨리는 가슴은 멈추지 않아요. 가슴에다 두 손을 얹고 지그시 누르며 깊은숨을 쉬었어요. 그때 다시 문이 벌컥 열렸어요. 다른 군인은 더러운 이를 희번덕거리며 달려들었어요. 그러고는 내 몸을 갈기갈기 찢어놓았어요.

엄마, 나는 지금 아주 무서운 꿈을 꾸고 있어요. 엄마가 옆에 있었다면 하나도 무섭지 않았을 텐데. 무서운 꿈을 꾸고 난 뒤 내가 울고 있으면 엄마는 내 등을 쓸어내리며 괜찮다, 괜찮다 말해 줬잖아요. 엄마 보고 싶어요. 엄마…….

다음 날, 그다음 날, 하루에도 20명이 넘는 짐승들이 내 몸을 짓밟고 갔어요. 날이 밝으면 다시 미친 짐승들이 내 몸을 짓밟았어요. 너무 아파서 꼼짝할 수 없는데도 짐승들은 찾아와 몹쓸 짓을 하고 갔어요. 온종일 밥도 먹지 않고 울어 봐도 소용없어요. 매일 똑같은 일이 반복되었어요. 우리가 해야 할 일이 이런 거라고는 다나카도 군인도 꽹이도 얘기해 주지 않았어요. 이건 나라를 위한 일이 아니에요. 나라는…… 나라는 백성을 돌봐야 한다는 말을 하고 싶은데, 나를 돌봐 줄 조선은 없어요.

해야 할 일을 피해 도망치면 칠수록 발버둥 치면 칠수록 쏟

아지는 건 몽둥이와 채찍이었고 갚아야 할 빚만 늘어났어요. 머리가 깨지고 다리가 부러졌다고 봐 주지 않았어요. 치료비와 약값 역시 고스란히 위안부들의 빚으로 남았지요. 몸이 아파 일하지 못하는 날은 하루에 5원씩 빚으로 쌓였어요. 이 사실을 몰랐던 나는 아프다는 핑계를 대며 일을 쉬었다가, 600원이었던 빚이 열흘 만에 650원이 되었어요. 그렇게 하루가 지나고 다시 하루가 지나고 또 다른 하루가 지나갔지요.

엄마, 엄마는 내가 이런 일을 겪을 줄 미리 알고 꼭꼭 숨기려 했지요? 이렇게 몸이 더럽혀졌는데 집으로 돌아갈 수 있을까요. 여긴 총알이 날아다니는 전쟁터보다 더 무서운 곳이에요. 여긴 지옥이에요. 지옥. 지옥에서 벗어나려면 빚을 갚아야 해요. 가장 끔찍한 일을 피하려면 가장 끔찍한 일을 해서 돈을 벌어야 해. 엄마, 날 위해 빌어 줘요. 엄마, 보고 싶어요. 그러나 난 우리 가족 옆으로 절대로 갈 수 없게 되었어요. 이 몸으로 어떻게 돌아갈 수 있겠어요. 엄마, 너무 부끄러운 딸이라 이제 다시 엄마에게 편지를 쓰지 못할 거예요. 엄마······.

순이의 죽음

"일어나라, 모두 일어나라."

이른 아침부터 다나카가 고래고래 악을 써 대며 우리를 깨웠어요.

"하루에가 도망쳤다. 잡지 못하면 하루에 빚은 너희가 갚아야 한다."

"잘난 척은 혼자 다 하더니 우리 몰래 도망을 쳐!"

"빌어먹을 기집애……."

몇몇이 대놓고 순이를 욕했어요. 다나카의 연락을 받은 헌병들이 순이를 찾기 위해 총동원되었어요. 결국, 다섯 시간 만에 잡혀 온 순이는 얼마나 맞았는지 얼굴이며 온몸에 시퍼런 멍이 들어 있었어요. 순이를 잡기 위해 동원된 헌병들에게 들어간 돈은 몽땅 순이 몫이 되었지요. 잠깐 사이에 순이의 빚은 2,000원으로 늘어났어요. 처음 봤을 때부터 까칠하고 당돌했던 순이였어요. 위안소에서는 말도 하지 않고 방에서 나오는 일도 거의 없었지요. 순이와 한 고향이라는 귀옥 언니 말에 의하면 부잣집 외동딸로 경성으로 유학 떠날 준비를 하던 중에 끌려왔다고 했어요.

밤이 되자 조용해졌지요. 한숨 자다 눈을 뜨고 말았어요. 이대로 아침까지 참았다간 오줌보가 뻥 터져 버릴 거예요. 잠자리에 들기 전 고픈 배를 채우느라 벌컥벌컥 들이켠 물 때문이에요. 나무 새를 손에 쥐고 천천히 일어나 밖으로 나왔어요.

"흐흐흐흐……."

울음소리는 순이 방에서 새어 나왔어요. 다시 붙잡혀 온 것도 서러운데 2,000원이라는 어마어마한 빚까지 생겼으니 억울하겠지요. 어쩌면 순이는 평생을 위안소에서 살지도 모르겠어요. 이런 생각을 하며 화장실로 종종걸음을 쳤어요. 볼일을 보고 돌아올 때까지도 순이는 울고 있었어요. 그냥 한번 문을 밀었는데 뜻밖에 문이 열렸어요.

"그, 그게……."

"나 아기를 가졌어."

나는 잘못 들은 줄 알았어요. 일본군 '위안부'는 아기를 가질 수 없는 게 이곳 규정이에요. 임신한 사실을 일부러 숨겼다 들키게 되면 배 속 아기는 당연히 죽게 되고, 본인도 갖은 매질을 당하게 되지요. 위안부들이 임신할 수 없는 게 이곳 규정이듯, 위안부를 찾는 군인들도 콘돔을 착용해야 했어요. 군인들이 콘돔을 착용하지 않았는데도 임신이 위안부 탓인 양, 그 대가는 고스란히 아기를 가진 위안부의 잘못으로 돌아왔지요.

"그래서 도망친 거야?"

"응……"

"아기는?"

"죽었어…… 흐흐흑……"

"괜찮아, 다 괜찮아……"

나는 순이의 등을 쓰다듬어 주며 말했어요.

"괜찮다고 말해 줘서 고마워. 경성으로 유학 가면 이 만년필로 열심히 공부하고 싶었는데……. 이거 너 가져."

순이가 검은색 만년필을 내 손바닥 위에 올려놓았어요.

"내겐 이제 필요 없을 것 같아서."

"나중에 딴말하기 없기다."

"우리 처음 만날 날, 내가 좀 쌀쌀맞게 굴었지?"

"알긴 아네."

"미안해. 나 용서해 줄 거지?"

"용서는 무슨 용서, 친구 사이에."

"고마워."

순이가 배시시 웃었어요.

"은주야, 부탁 하나 해도 돼?"

"만년필도 줬는데, 뭐든지."

"731부대가 어떤 곳인지 알아?"

"싸우다 다친 사람을 치료하는 부대라고 들었는데……"

"일반 부대와 달라."

순이는 731부대의 비밀을 알고 있는 것 같아요. 첫날 내 방을 찾아와 살아 있는 사람을 죽였다던 일본 군인이 한 말이 떠올랐어요.

"생체 실험이라고 들어봤니?"

"생체 실험? 그게 뭔데?"

"살아 있는 사람을 동물처럼 실험하는 거야. 우리가 처음 이곳에 도착한 날 본 해골 부대 기억나지? 그 사람들은 여기서 생체 실험을 당하고 있는 마루타들이야."

"마루타? 통나무?"

순이가 천천히 고개를 끄덕였어요.

"은주야, 이 만년필로 우리 위안부 이야기와 731부대에서 일어나고 있는 끔찍한 일들을 적어 줘."

"내가?"

"마지막 부탁이야."

순이의 얼음장 같은 손이 내 손을 덥석 잡았어요. 갑자기 순이와 친해져 버린 것 같아요. 비밀을 함께 해서 더 그런가 봐요. 순이는 가장자리가 너덜너덜해진 공책도 나에게 줬어요.

"여기 와서 보고 들은 걸 적은 거야."

"봐도 돼?"

"부끄러우니까 나중에 봐. 은주야, 네 나무 새 하루만 빌려줘라."

"그래."

나는 나무 새를 순이 손에 올려놓고는 방을 나왔어요.

아침부터 밖이 소란스러워요.

"순이가 죽었어."

"순이가 죽었대."

거짓말 같은 소리가 들렸어요. 순이는 침대 위에 누워 잠을 자고 있어요. 나무 새를 꼭 쥔 채 아주 깊은 잠을 자고 있어요.

"내 돈 2,000원, 아이고, 내 돈 2,000원……"

분을 삭이지 못한 다나카가 마룻바닥을 쾅쾅 차며 호들갑을 떨고 있어요.

엄마.

편지를 쓰면 안 되는 줄 아는데, 엄마에게 마지막 편지를 써요. 아기를 가졌던 순이가 진짜 새가 되었으면 좋겠어요. 나무 새도 진짜 새가 되어 순이와 함께 고향으로 날아가게요. 엄마, 오늘은 아주 슬픈 날이에요. 이 편지가 엄마에게 갈 수 있다면 얼마나 좋을까요……. 아버지가 옆에 계신다면 '괜찮다다, 괜찮다'고 말해 주시겠죠. 부칠 수 없는 편지지만, 오늘도 난 엄마에게 편지를 써요. 엄마 보고 싶어요.

거래

순이가 죽었는데도 나는 군인을 받아야 했어요.

"이찌에, 미오 님이 오셨다."

"……"

"미오 님이 돈을 많이 냈기 때문에 다른 군인을 받지 않아도 된다. 잘 모셔라."

침대에 누운 채로 다나카 말에 대답하지 않았어요. 어젯밤에 순이와 나눈 얘기 때문인지 순이의 죽음이 믿기지 않아요. 문 여는 소리가 나더니 삐거덕거리는 발소리가 침대 앞에서 멈췄어요.

"그날은 내가 잘못했어."

"……"

"너무 괴로워 술을 마셨어. 그 바람에 그만……"

귀에 익은 목소리예요. 다나카가 미오라는 이름을 말할 때 들어본 것 같다는 생각이 들긴 했지요.

"이찌에, 미안해. 날 용서해 줘."

나는 감았던 눈을 떠 미오를 확인한 뒤 다시 눈을 감았어요. 나를 향해 무릎을 꿇고 앉은 미오 얘기가 거짓말처럼 들리지 않아요. 나는 가슴에다 두 손을 얹고 지그시 눌렀어요. 가슴이 콩닥콩닥 뛰어요. 양심의 소리.

"부탁이 있어서 왔어. 꼭 들어줬으면 해."

"제 부탁을 먼저 들어주면요."

"그래. 뭐든지."

나는 일어나 앉으며 미오에게 말했어요.

"집으로 보내 줘요."

미오는 다나카에게 진 800원의 빚도 갚아 주고 731부대 총책임자인 이시이 시로 중장이 돌아오면 이시이 시로 중장 이름이 적힌 통행증을 발급해 준다고 했어요. 그리고 외투에서 두툼한 공책 3권을 꺼냈어요.

"혹시 731부대 얘긴가요?"

"그걸……."

"사실인가 봐요."

"내가 하는 일을 자세히 적어 놓은 거야."

"생체 실험요?"

순이에게 들은 말을 툭 던졌어요. 미오의 짙은 눈썹과 입언저리가 움찔거렸어요.

"아주 중요한 자료야. 다른 나라로 갈 거거든."

"다른 나라? 어디로요?"

"그것까지 말하고 싶지 않아."

"비밀이 너무 많아요. 절 집으로 보내 주겠다는 말은 믿어도 되지요?"

미오가 천천히 고개를 끄덕였어요.

"공책이 세 권이나 되니까, 다른 부탁 하나만 더 해도 되나요?"

"뭐든지."

"나무토막을 구해 주세요. 잠이 안 올 때 나무를 다듬으려고요."

"그런 부탁이라면 얼마든지."

미오의 유쾌한 대답에 내 마음속 빗장이 스르륵 풀리는 기분이에요.

다음 날, 미오는 종아리 굵기만 한 소나무 토막 몇 개를 가져왔어요. 은장도처럼 칼집이 있는 조각칼도 함께요. 미오는 새로 가져온 자료를 공책에다 끼워 넣거나 종잇조각에다 적어 온 걸 공책에다 옮겨 적었어요. 나는 그 옆에서 소나무를 다듬었지요. 궁금했지만 묻지 않았어요.

미오는 이틀마다 나를 찾아왔어요. 그 덕분에 나를 대하는 다나카의 눈빛이 한결 부드러워졌어요. 다나카는 미오가 이시이 시로 중장과 친척이며, 부모 역시 일본에서 막강한 권력과 재물을 가졌다 했어요. 미오를 꽉 잡고 절대 놓치지 말라는 말을 덧붙이면서 자기 은혜를 가슴에 새기라는 당부도 잊지 않았어요. 어쨌든 미오 덕분에 허기진 배를 채울 수 있게 되었고, 다른 군인을 받지 않아서 좋아요.

나는 바람이야

나 같은 위안부가 하얼빈의 중앙대가를 구경한다는 건 꿈도 못 꿀 일이에요. 기차역을 지나 중국인 마을에서 열리는 시장 나들이도 특별한 때 외에는 갈 수 없는데 말이에요. 모두 미오 덕분이에요.

"미오, 여기서 잠깐만 세워 주면 안 될까요?"

"물론."

"우아! 저게 뭐죠?"

처음 하얼빈에 도착하던 날, 달리는 트럭에서 두려움과 호기심에 가득 찬 내 눈동자는 바삐 움직였어요. 그중 내 눈을 강하게 빨아들인 것이 빽빽하게 들어선 소나무 사이로 보이는 교회당이었어요. 공 모양으로 생긴 건물과 뾰족한 지붕의 암홍색이 저녁 노을빛과 어울려 한 폭의 그림을 보는 듯 아름다웠거든요.

"성소피아 성당이야. 35년 전에 만들어졌다지. 성당을 향해 소원을 빌면 다 이뤄진다더군."

'고향으로 돌아가게 해 주세요.'

'집으로 돌아가게 해 주세요.'

나는 눈을 감고 두 손을 모아 빌었어요.

"여기다 차를 세워 놓고 구경하자."

미오도 나처럼 걷고 싶은가 봐요.

미오와 나는 중앙대가를 천천히 걸었어요. 성소피아 성당 앞
으로 펼쳐진 중앙대가에는 서양식 건물과 중국식 건물이 서로
모양을 뽐내듯 화려하게 치장하고 있네요. 그 길을 화려한 수
가 놓인 치마를 입은 여자들이 환한 얼굴로 바삐 오가고 있어
요. 나는 일본군 '위안부'라는 사실도 잊은 채 두근거리는 가슴
을 두 손으로 누르며 그들 속으로 들어갔어요. 지나가는 사람
들이 힐끗 쳐다볼 때는 얼른 고개를 숙였어요.

"이찌에, 걱정하지 마. 네가 누군지 아무도 모르니까."

"……"

"이찌에, 저것 좀 봐."

미오가 내 팔을 끌었어요. 러시아 모피, 프랑스 향수, 스위스

의 시계……. 이곳에는 없는 거 없이 다 팔아요.

"바르기만 해도 그 자리에서 상처가 아물어요. 싸요, 싸. 하나만 사 봐."

도이칠란트 약품을 파는 중국인 남자가 구경하고 있던 내 앞으로 약통을 쓱 내밀었어요.

"마시기만 해도 아픈 사람이 누운 자리에서 벌떡 일어납니다. 싸니까, 하나만 사 봐."

"팔다리가 쑤시고 아픈 사람이 먹어도 낫나요?"

"마시는 즉시 낫지요."

"얼마예요?"

"5원입니다요."

"너무 비싸요. 병도 크지 않은데 뭐."

나는 집어 든 약병을 얼른 내려놓았어요.

"이찌에, 어디 아파?"

"내가 아픈 게 아니라……."

"누가 아파?"

"할머니와 아버지가 아주 아파요. 그런데 너무 비싸요."

"내가 사 줄게."

미오가 돈을 냈어요. 받아 든 약병을 가방 깊숙이 넣었어요.

"이찌에, 이건 어때?"

붉은 꽃핀이에요. 미오가 꽃핀을 내 옆머리에다 꽂아 주네요. 나는 가지고 온 1전으로 꽃핀 하나를 더 샀어요.

"이찌에, 이 지갑에 돈이 많이 들었으니 사고 싶은 걸 사도록 해."

"나, 믿어요?"

"이찌에는 꼭 바람 같아. 바람은 불고 싶은 곳으로 불지. 난 저기 기름 파는 곳에 먼저 가 있을 테니 천천히 구경해. 안녕……."

미오가 손을 흔들며 걸어가요. 나도 손을 흔들었어요. 내게 바람 같다고 말해 준 사람은 미오밖에 없어요. 그래요, 난 바람처럼 자유롭게 이리저리 다니고 싶었어요. 그런데 창살 없는 감옥에 갇혀 버린 건 내 바람이 너무 커서였을까요. 미오 말대로 내가 지금 바람이라면 난 고향 집으로 날아갈 수 있겠죠. 그런데 자신이 없어요. 어느 날 느닷없이 휘몰아치는 태풍 속으로 빠져 버렸거든요.

하얼빈의 서양 남자

　내 발은 어느새 기름집으로 향했어요. 중국인 점원 아이가 활짝 웃으며 나를 맞이했어요.

　"미오는요?"

　"안채에 있습니다."

　중국인 점원 아이가 생글생글 웃으며 말했어요. 나는 가슴을 조이며 점원 아이를 따라 가게 안채로 들어갔어요. 비좁은 가게와는 달리 넓은 정원에는 연못까지 있었어요. 연못 앞에서 미오가 나를 향해 손을 흔들었어요. 흰 이를 드러내며 웃는 미소를 보자 마음이 사르르 녹아내렸어요. 나도 손을 흔들며 미오에게로 달려갔어요.

　"날 여기다 내버려 두고 가 버린 줄 알고 깜짝 놀랐어요."

　"멀리 가 버릴 줄 알았는데."

　"진심이에요? 이건 어쩌고요."

　"자, 들어가자."

나는 들고 있던 지갑을 미오에게 주며 미오 뒤를 따라 들어
갔어요.

현관에는 금빛 글자로 악을 물리치고 복을 비는 큼직한 붉
은 종이가 붙어 있었어요. 거실 곳곳에는 붉은 등과 붉은 커
튼……. 온통 붉은색이에요. 중국 사람들은 붉은색이 악귀를
물리친다고 믿기 때문에 붉은색을 아주 좋아한다 했어요. 내
가 거실을 살펴보는 사이 붉은 치파오를 입은 여자가 차를 내
왔어요. 한 모금 마시자, 바싹 마른입과 목을 부드럽게 축여 주
었지요.

'위안소로 돌아가지 않고 여기서 살면 얼마나 좋을까.'

부드러운 차만큼이나 이곳이 마음에 들었어요. 미오는 차를
마시며 손목시계를 자꾸 들여다봤어요.

"헬로우!"

잠시 뒤 이상한 말소리와 함께 고개를 뒤로 젖히고 바라봐
야 할 정도로 키가 큰 서양 남자가 성큼성큼 걸어왔어요. 코 밑
에 여덟팔 자로 난 수염이 근사했어요. 파란 눈동자가 나를 향
하더니 어깨를 으쓱해 보이며 웃었어요.

'사람 눈이 저렇게 파래?'

나는 새빨개진 얼굴을 감추려 얼른 고개를 숙여 차를 한 모금 마셨어요. 이렇게 가까이에서 서양 남자를 보기는 처음이에요. 미오와 서양 남자는 서양 말로 이야기를 주고받았어요. 두 사람이 하는 얘기는 전혀 알아들을 수 없었지만, 이 서양 남자가 비밀 공책의 주인이란 건 알 수 있었지요. 나는 천천히 차를 마시며 살짝살짝 두 사람 얼굴을 훔쳐보았어요.

"이찌에, 정원에 나가 있어."

웃고 있는 서양 남자와는 달리 미오 얼굴은 열이 오른 탓에 빨갰어요.

밖으로 나오자 멎었던 숨이 확 트였어요. 사사사삭, 대나무 잎이 바람에 흔들리며 노래를 불러 주네요. 연못에는 붉은 비단잉어가 자유롭게 헤엄치고 다녀요. 모든 게 자유로워요. 모이를 찾느라 분주한 참새가 연신 부리를 까닥이다 내 발소리를 듣고 포로롱 대나무 가지로 날아오르더니 이내 마당으로 내려 앉았어요.

"참새야, 넌 우리 집에 있던 참새랑 똑같구나. 혹시 경기도

양주군 서정리 235번지라고 아니? 앵두나무 집이라고 부르는
데?"

"째그르르……."

"알고 있구나. 할머니와 아버지와 엄마, 은식이와 은철이 모
두 잘 있지?"

"짹짹!"

"고맙다, 고마워."

내 말을 알아듣고 대답해 주는 참새가 참 고마웠어요.

"나도 너처럼 날개가 있다면 훨훨 날아갈 텐데."

"아가씨, 이것 좀 드세요."

안채에서 나온 여자가 둥근 달 모양의 월병을 건네주었어요.
참새와 나눈 말을 알아듣지는 못했겠지요. 우리가 추석이면 송
편을 나눠 먹듯이 중국인들도 추석이면 가족들이 모여앉아 월
병을 먹는다네요. 달달한 월병이 몸속으로 들어가자 기분이 한
결 좋아졌어요. 나 혼자 이렇게 맛있는 걸 먹어도 되는지, 이렇
게 좋은 걸 구경해도 되는지 미안한 마음이 들었어요. 한 입 깨
문 월병을 가방에다 넣었어요.

"이찌에, 가자."

언제 나왔는지 미오가 물끄러미 나를 바라보며 말했어요.

"잘 해결됐어요?"

"그냥……."

미오 얼굴이 어두워요. 미오를 따라 가게로 나오니 중국인 점원 아이가 통에 든 기름을 건넸어요. 기름통을 받아 든 미오가 가게를 나서며 주위를 살폈어요. 곧장 차를 세워 둔 성소피아 성당 앞으로 갔어요. 차에다 기름을 채운 뒤 시동을 걸었어요.

"혹시 비밀 공책의 주인이에요?"

"오늘 일은 우리 둘만의 비밀이야. 빨리 넘겨야 이찌에도 집으로 돌아갈 수 있겠지."

"저 사람에게 넘길 건가요?"

"협상 중이야."

미오 표정은 여전히 어두워요.

"공책을 넘기면 돈 받아요?"

"너도 내가 돈 때문에 이런다고 생각하니? 내가 그렇게 보여?"

"미오……."

"돈 따윈 필요 없어. 그런데 저 녀석은 내가 돈 때문에 공책을 넘기려는 줄 알고 있어. 미국이 이 지독한 전쟁을 끝내 줄 수 있다고 믿었는데……. 모르겠어…… 녀석 역시 제 속셈을 채우기 위해 실험 결과물만 손에 넣으려는 것 같기도 해. 전쟁이 점점 심각해지고 있는데, 세균 도기 폭탄 실험이 성공하면……."

미오가 뒷말을 꿀꺽 삼켰어요. 나는 미오가 툭 던진 '미국'이라는 말을 놓치지 않았어요. 파란 눈의 서양 남자는 미국 사람인가 봐요.

요즘 들어 식량이 부쩍 줄어들긴 했어요. 처음에는 허기진 배를 달래기에 턱없이 모자랐지만, 하루에 세 끼씩 밥이 나왔어요. 그러더니 언제부터인가 갑자기 두 끼로 줄어들더니 며칠 전부터 한 끼만 나왔어요. 그런데도 위안부들은 하루에 2, 30명이 넘는 군인들을 받아야만 했지요.

긴 하루

밤이 깊어 위안소에 도착했지만, 다나카는 짜증 대신 환한 미소로 반겼어요. 미오에게 많은 돈을 받았기 때문에 오늘은 들어오지 않는 줄 알았다며 너스레를 떨었어요.

순분 언니에게 빨리 머리핀과 월병을 주고 싶어요. 이렇게 예쁜 머리핀을 보면 언니가 정말 좋아할 테죠. 순분 언니는 커다란 두 눈에 통통한 볼이 참 예뻤어요. 그러나 지금은 볼살도 쏙 빠지고 얼굴 가득 거무튀튀한 기미가 잔뜩 앉아 버렸어요.

"자, 선물."

붉은 꽃핀을 언니 머리에 꽂아 주었어요.

"와! 예쁘다."

"너, 미오 좋아하니?"

"그런 거 아니야."

"난, 좋아했던 사람이 있었어. 그 사람이 징용으로 끌려가지 않았다면 우린 혼례를 치르고 행복하게 살았을 테지. 이제 그 사람을 만나더라도 그 사람과 결혼할 수 없어……. 내 몸이 너무 더럽혀져서 그 사람을 볼 수 없게 되었으니까……. 나 아기 가졌어."

"언니……."

"이 아기가 그 사람 아기였으면 얼마나 좋을까……."

언니가 울었어요.

"언니, 다나카에게 아기 가진 거 들키면 안 돼."

"곧 들키게 될 거고, 아기는 죽게 되겠지."

"미오가 날 집으로 보내 준다고 했어. 언니도 함께 보내 달라고 말해 볼게."

"미오가 널 집으로 보내 줘?"

언니가 놀라서 물었어요. 그 바람에 비밀 공책 얘기와 이시이 시로 중장이 돌아오면 약속 증명서와 통행증을 발급해 주겠다는 말을 하고 말았어요. 오늘 만난 서양 남자에게 비밀 공책을 넘기기로 한 것 같은데, 협상이 제대로 이뤄지지 않은 것 같다고 말해 줬어요.

"공책을 봐야겠다."

언니가 앞장서 내 방으로 갔어요. 마루 밑에 감춰 둔 미오의 비밀 공책을 꺼내 언니에게 줬어요.

"검은 태양, 731부대를 아시나요."

언니가 표지에 적힌 글자를 읽는 동안 다나카가 문을 열고 들어올까 봐 가슴이 벌렁거렸어요.

"731부대에서 한 실험이 자세히 적혀 있어. 잔인해……."

"세계 의학 발전에 큰 도움을 줄 거래."

"살아 있는 사람을 직접 실험한 거니까 그렇겠지. 이 공책은 우리가 가져야겠다. 미오 개 쪽바리치고는 생각보다 양심적이다. 제목을 붉은 태양이 아니라 검은 태양으로 붙인 것도 마음에 들고."

엄마와 아버지는 항상 양심적으로 살라고 말했어요. 그래서 양심적인 게 얼마나 고단한 삶인지도 알게 되었지요. 미오가 양심적이라니 기분이 이상해요.

"대련에서 사진관을 경영하면서 반일 정보 활동을 하다 잡혀 온 심득룡이라는 사람이 있었어. 2년 전 이곳에서 생체 실험으로 죽었대. 심득룡처럼 독립운동을 한 사람은 법정에 넘겨

재판을 받지도 않고 직접 헌병대를 거쳐 731부대에 특별 이송된다는구나. 그리고 세균 실험을 거친 후 죽게 된대. 너, 겐 유아사라고 알지? 걔가 말해 준 거야."

언니는 미친 의사가 술만 마시면 자기를 찾아와 헛소리를 자꾸 해서 골치 아프다는 말을 자주 했어요. 살아 있는 사람을 자기 손으로 실험했으니 자기는 살인자라며 넋두리를 늘어놓았다 했지요.

"미친놈이 지껄이는 흰소린 줄 알았는데, 사실이었어. 은주야, 잘 챙겨 둬."

"진짜로 가질 거야?"

"그래."

"미오는 양심적인 사람인데……."

"그래도 미오는…… 아니다. 오늘은 여기까지만 하자. 오늘 일, 미오에겐 비밀이다."

언니가 자리에서 일어나며 내 손을 잡고 말했어요. 오늘 밤도 쉽게 잠이 오지 않을 것 같아요. 역시 양심을 지키려면 고단해져요.

눈을 감자, 하얼빈의 화려했던 풍경과 정원의 나무와 새들이 하나둘 떠오르네요. 오늘은 참으로 길고도 긴 하루였어요.

비밀 쪽지

정확히 달포 전부터 다친 군인들이 몰려들었어요. 위안부를 찾는 군인들이 점점 줄어들자 다나카는 부상병 간호와 시중들기, 세탁하기, 특별 공연을 시켜 돈을 벌어들였어요. 그 바람에 위안부 일과 부상병 돌보는 일로 잠도 못 자고 일을 해야 했지요. 미오도 많이 바쁜가 봐요.

오늘은 모처럼 찾아온 휴일이에요. 꼬르륵, 배 속 거지들은 바깥 사정도 모른 채, 시시때때로 아우성을 쳐 대지요. 이제 마무리 단계인 나무 새의 왼쪽 날개를 다듬던 나는 너무 배가 고파 밖으로 나와 물을 연거푸 두 바가지나 들이켰어요. 여전히 배 속은 헛헛해요.

순분 언니와 다른 언니들이 벽에 기대앉아 해바라기를 하고 있어요. 6월이 코앞으로 다가와서 그런지 제법 훈훈한 봄바람도 불고 해바라기를 하기에도 적당해요. 나도 언니들 옆으로 가 해바라기를 했지요.

102

"지금 당장 군인들 숙소가 있는 강당으로 가 무대 공연을 해야 한다."

"오늘은 푹 쉬게 해 준다고 했잖아요."

"나도 그렇게 말씀 올렸다. 그런데 이시이 시로 중장님의 특별 명령이라 어쩔 수 없었다."

언제 왔는지 군복을 말끔히 차려입은 다나카가 조금은 미안한 듯 말했어요.

"새벽까지 군인들 빨래하느라 잠도 못 잤다고요."

"우린 부상한 군인을 밤새워 간호하다 이제 겨우 쉬려던 참인데 너무한 거 아니에요. 위안부 일을 쉬는 것도 아니고."

"우리가 무쇠도 아니고, 정말 너무해요."

여기저기서 볼멘소리를 터트렸어요.

"불평해 봤자 입만 아프다. 빨리 옷 갈아입고 강당으로 가자."

"그래도 너무해."

"빨리 끝내고 쉬는 게 낫지."

"유키코 짱!"

금희 언니를 향해 엄지를 치켜든 다나카의 입이 귀밑으로 가 걸리네요. 같이 있던 우리는 마지못해 엉덩이를 털며 자리에서 일어났어요.

"이찌에, 오늘도 잘 부탁해."

"다나카는 이찌에만 좋아해."

언니들이 눈을 흘겼어요.

우리는 부대 건물 강당으로 갔어요. 미리 온 군인들과 부상 병들이 우리를 보고 손뼉을 치며 소리를 지르고 야단법석을 떨어요. 화장을 곱게 한 언니들이 다나카가 부르는 순서에 맞춰 무대로 올라가 노래를 불렀어요.

흥에 겨운 군인들이 무대로 뛰어 올라와 춤을 춰요. 군인들은 한 달에 한 번씩 열리는 공연을 아주 좋아하지요. 내 차례는 맨 마지막이에요. 군인들이 내가 부르는 '꽃마차'를 아주 좋아하거든요.

무대 뒤쪽에 앉아 차례를 기다렸어요.

"이찌에 나가 봐. 미오 님이다."

다나카가 다가와 말했어요.

"곧 공연 들어가야 하니까, 바로 와야……."

강당 대기실을 빠져나오니 미오가 2층으로 올라가는 계단에 서 있었어요.

"그동안 많은 일이 있었어……."

"알아요."

"읽고 나서 반드시 태워야 해."

미오가 꼬깃꼬깃 접은 쪽지를 내밀었지요.

"이찌에, 곧 네 차례다."

다나카가 부르는 소리에 얼른 쪽지를 움켜쥐었어요.

"읽고 난 다음 없애 버려."

미오는 서둘러 계단을 뛰어 내려갔어요. 나는 화장실로 종 종걸음을 쳤지요. 군인들의 웃음소리와 박수 소리가 화장실까 지 따라 들어왔네요.

'제발 절 도와주세요. 제가 곧 아기를 낳습니다. 아기는 태 어나자마자 마루타가 되어 죽게 되겠죠. 알코올이 담긴 병 속 에 들어가든지. 젖 한번 물어 보지 못한 채 실험 대상이 되어 죽게 되겠지요. 제발 저를 도와주세요. 당신에게 이 종이쪽지를 전해 주는 의사 선생님이 제 아기를 구해 주신다고 했어요. 제발 살려 주세요.'

창문으로 보니 마당을 잰걸음으로 빠져나가는 미오가 보였어요. 멀리 731부대 굴뚝에서는 오늘도 시커먼 연기가 하늘을 덮고 있어요.

'미오, 당신은 무슨 뜻으로 위험한 일을 하겠다고 나선 거죠? 이게 옳은 일이긴 하지만 얼마나 위험한 일인지 알고 있나요?'

이 일이 잘못되면 미오는 물론 나와 암컷 마루타 모두 죽게 되겠죠. 나는 종이쪽지를 양말 속 발밑에다 감춘 다음 강당으로 들어갔어요. 다나카가 웃으며 다가와 말했어요.

"미오 님이 널 진심으로 좋아하는 것 같다. 미오 님이 널 꼭 만나게 해 달라고 어찌나 조르던지…… 혹시 나중에 무슨 일이라도 생기면 미오 님께 내 얘길 잘해 줘. 이찌에, 넌 땡 잡은 거다. 놓치지 말고 콱 움켜잡아라."

"그래 보려고요."

내 대답에 다나카가 능글맞게 웃었어요.

공연은 저녁이 되어서야 끝났어요. 나는 몰래 순분 언니 방으로 가 양말 속에 숨겨 둔 종이쪽지를 보여 주었어요.

"일본 놈이긴 하지만 미오가 양심적인 선택을 했군."

"괜찮을까?"

"우리 계획을 조금 앞당겨야지, 뭐."

"계획?"

"탈출하기로 했어."

'탈출'이라는 말에 미오가 쪽지를 줄 때처럼 심장이 마구 뛰었어요. 탈출 계획에 동참한 위안부는 열두 명이라고 했어요. 마루타의 아기를 구해 내는 일과 탈출, 둘 다 들키면 그 끝은 죽음이겠죠.

"미오가……."

"미오, 미오. 그놈의 미오가 뭘 해결해 줄 건데? 미오는 일본 놈이야. 형편없이 비겁한 일본 놈."

"양심적이랬잖아."

"양심적이긴 하지만, 서양 놈에게 공책을 넘기려 했잖아. 그

서양 놈이 어떤 놈인 줄도 모르고."

"……."

"아기를 구한 다음, 탈출할 거야. 같이 갈 거지?"

나는 천천히 고개를 끄덕였어요.

비밀 공책의 주인

다음 날, 땅거미가 질 무렵 찾아온 미오 얼굴은 내려앉은 어둠만큼이나 고단하고 무거워 보여요.

"미오, 다 괜찮아질 거예요. 다 괜찮아…… 다 괜찮아……."

"오늘 오전에 한 소년이 죽었어."

"괜찮다, 다 괜찮다……."

"소년에게 마취 주사를 놓을 때 소년의 눈동자가 당장에라도 튀어나올 듯 커졌어."

미오는 조용히 소년 마루타 이야기를 들려주며 울었어요.

"이렇게 잔인하게 죽일 줄 알았다면 내가 할걸……."

"……."

"이틀에 세 명씩 이런 실험의 마루타가 되어 죽어 가고 있어."

미오는 여전히 눈을 감은 채 멍한 얼굴로 나직나직 말을 이었어요.

"암컷 마루타가 실험대 위에 누웠는데, 쿨렁쿨렁 배가 심하게 움직였어. 마치 배 속에 든 아기가 내 손을 피해 달아나며 살려 달라고 외치는 것 같았어. 난 마취 당한 사람처럼 그 자리에서 꼼짝할 수 없었어. 제발 아기만은 살려 주세요. 아기만은 살려 주세요. 이렇게 외치는 암컷 마루타의 눈에 눈물이 글썽였어. 통나무가 눈물을 흘리는 거야……. 통나무가 어떻게 눈물을 흘리지?"

"미오, 통나무가 아니라 사람이에요."

떨고 있는 미오의 두 손을 잡아 주었어요.

"수술은 이틀 뒤야."

"그렇게 빨리요?"

"그날 세균 도기 폭탄 실험이 있어, 모두 부대 밖으로 나갈 계획이야."

"아기는요?"

"알고 있는 조선족 부부가 키우기로 했어."

미오는 치밀하게 계획을 세워 두고 있었어요.

"아기 울음소리가 새나가지 않도록 주의해야 해."

"발각될까 봐 무서워요."

"그런 일은 없을 거야. 나 혼자 부대에 남게 될 테니까."

"당신은 일본인이지만 고마워요."

"나, 이제야 내가 어떻게 살아야 할지 알게 됐어. 암컷 마루타가 내게 알려 줬어. 이찌에, 나와 우리 일본이 저지른 잘못을 절대 잊지 마. 이 일이 성공한다면 날 용서해 줄 수 있을까……. 이찌에, 비밀 공책을 나 대신 전해 줘야겠어."

"서양 남자인가요?"

미오가 고개를 저었어요.

"그럼……."

"조선족 부부에게 공책을 넘겨줘. 그다음 일은 그 조선족 부부가 알아서 처리할 거야. 나를 믿고 공책을 맡아 줘서 고마워. 진심이야."

미오 말은 '이제 마지막이야.' 하는 마지막 인사처럼 들렸어요. 나는 떨고 있는 미오의 손을 오랫동안 잡아 주었어요.

"미오, 이건 미오에게 주는 내 선물이에요."

나는 나무 새를 미오 손에 쥐여 주었어요.

마지막 인사

누렇게 변한 아카시아 꽃잎이 한 잎 두 잎 떨어지네요. 배고 픔을 달래 주었던 하얀 꽃이 진 자리를 싱싱하게 자란 잎사귀 가 대신해 성큼 다가온 여름을 알려 주고 있어요. 순분 언니가 아카시아 잎사귀를 땄어요.

"이리 와 봐."

언니는 잎사귀를 훑어낸 줄기로 내 머리카락을 또로록 말아 올려요. 엄마도 가끔 햇볕 드는 마루에 나를 앉혀 놓고 이렇게 아카시아 줄기로 머리를 말아 준 적 있었지요. 엄마가 머리를 말아 줄 때면 기분이 좋아 스르륵 잠이 들곤 했어요. 한잠 자 고 일어나면 어느새 곱슬곱슬 물결 모양 머리카락이 만들어졌 지요. 아~함, 졸려, 언니의 무릎베개에 누워 잠이 들었어요.

"천황 폐하 만세!"

"대일본제국의 승리를 위하여!"

밤이 되자 731부대 쪽에서 만세 소리가 요란했어요. 우리는 우르르 밖으로 나가 담벼락에 목을 길게 빼고 구경했지요. 트럭이 우리 앞을 지나갔어요.

"살아오세요."

"살아오세요."

이시이 시로가 만들었다는 세균 도기 폭탄을 실험하러 가는 걸 모르는 위안부들이 손을 흔들며 응원했어요.

"꼭 살아오마."

"갔다 와서 보자."

군인들도 손을 흔들며 대답했지요.

나는 12시가 되기를 기다렸다가 몰래 방을 빠져나왔어요. 다나카는 순분 언니가 붙잡고 있으니 걸릴 염려는 없어요. 위안소 밖으로 나가자 조선족 부부가 기다렸다는 듯 다가왔어요.

"아가씨는 조선 사람이지요?"

"아줌마도요?"

"우린 조선족이에요."

"그럼, 아줌마도 조선 사람이네요."

은주는 반가워 아줌마 손을 잡았어요.

"난 조선이 어떤 곳인지 몰라요. 부모님 때부터 이곳에서 살게 되었으니까요. 부모님들은 조선으로 돌아가야 한다지만 난 가고 싶지 않아요. 조선은 우리 부모님도 버렸고, 아가씨도 버렸잖아요."

"그건……."

"이곳이 어떤 곳인지 알고 있어요. 아가씨는 우리보다 더 고단한 삶을 사네요. 이놈의 전쟁 때문에 모든 게 파괴되었어요."

나는 말없이 고개를 끄덕였어요.

"미오를 어떻게 알게 되었어요?"

"미오 님은 참 좋은 분이에요. 우리 집은 여기서 40리 떨어진 배나무 골이에요. 작년 가을, 온 마을에 장질부사가 돌았어요. 그때 아들과 딸, 시어른과 친정 부모를 모두 잃었어요. 어떻게 우리 부부만 이렇게 살아남았지요. 배나무 골 우리 집을 비롯해 조선 사람이 100여 호 살았는데, 아마 집집이 한두 명은 죽어 나갔을 거예요. 제 남편은 그때 고열에 시달리다 뇌에 문제가 생겨 어린아이가 돼 버렸지요. 그런 남편이 시장에서 미오 님을 만나게 되었고, 일이 이렇게 되었어요."

"잘하셨어요. 여기, 공책이에요."

나는 보자기에 싼 공책을 조선족 부인에게 건넸어요. 혹시라도 보자기를 풀어 볼까 봐 가슴이 조마조마했지요. 다행스럽게도 조선족 부인은 보자기를 남편 허리에 동여매 주며 빨리 집으로 가라고 말했어요.

남편을 보낸 후 조선족 부인과 서둘러 731부대로 갔어요. 미오 말대로 보초를 서는 헌병들도 세균 도기 폭탄 실험을 보러 가고 없어요. 조선족 부인을 부대 입구에서 망을 보게 한 후 2층으로 종종걸음을 쳤어요. 미오예요. 희미한 불빛 아래 엄마 마루타는 잠을 자는지 두 눈을 꼭 감고 있어요. 미오가 마취 상태라고 했어요.

"아무 걱정하지 마세요. 다 괜찮아질 테니까……."

나는 얼른 엄마 마루타의 차디찬 손을 잡으며 속삭였어요. 미오는 이내 엄마 마루타의 솟아오른 배에다 칼을 그었지요. 시뻘건 핏덩이의 울음이 터져 나왔어요. 서둘러 흰 천으로 아기를 쌌어요.

"이찌에, 어서 가."

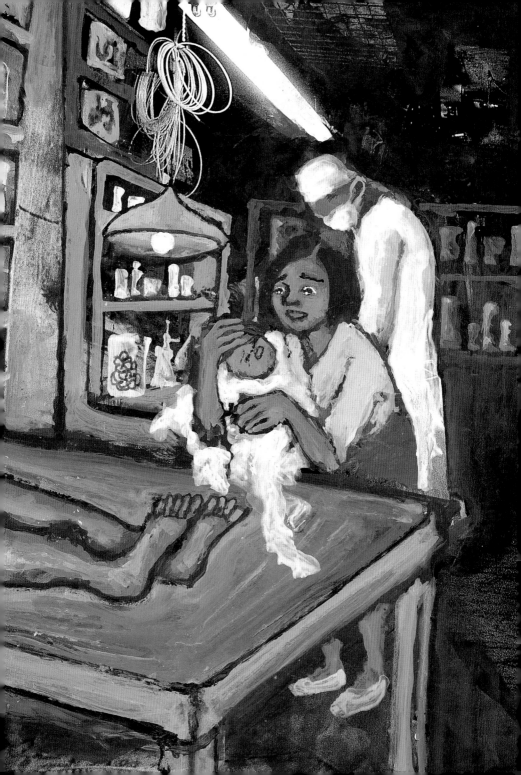

"미오……."

"조심히 가."

'미오, 잘 있어요. 그동안 고마웠어요. 안녕…….'

나는 미오에게 마지막 인사를 했지요. 그때 엄마 마루타의 맨발이 움찔하는 게 보였어요. 참 이상하지요. 죽은 듯 누워 있는 엄마 마루타의 맨발이 다시 한번 움직였어요. 아기가 보고 싶은가 봐요. 차디찬 엄마 마루타 발등에 아기를 올려 주었어요.

"이찌에, 어서 가!"

미오의 다급한 목소리에 서둘러 부대를 빠져나왔어요.

탈출

조선족 부인에게 아기를 건넸어요.

"이 편지는 나중에 미오에게 전해 주세요."

"미오 님도…… 아닙니다."

조선족 부인이 무슨 말을 더 하려다 고개를 끄덕이고는 어둠 속으로 사라졌어요. 나는 조선족 부인이 사라진 어둠 속을 바라본 후, 위안소 밖 담장으로 가 언니들을 기다렸지요. 얼마의 시간이 지나자 언니들이 한 명 두 명 모였어요. 열두 명이다 모이자 우리는 조용히 발걸음을 옮겼지요.

731부대 전용 철도를 따라 걸었어요. 이 철도를 따라 한 시간 정도 가면 기차역이 나와요. 이 하얼빈 기차역이 말로만 듣던 아주 뜻깊은 곳이란 걸 중국인 시장에서 만난 사람들에게 들어서 알게 되었지요. 1909년 10월 26일 조선의 독립을 바라는 안중근이라는 사람이 이토 히로부미를 죽인 곳이란 걸요. 우리는 안중근이 걸었던 길을 조심조심 걸었어요. 이 철도가 조선까지 연결되어 있기 때문이지요. 이곳을 지날 때마다 철길의 끝이 조선이라는 생각에 마음이 놓이곤 했어요.

기차역까지는 철도를 따라 걷고, 기차역을 지나면 제법 번화한 중국인 마을이 나오는데, 거기서부터 두 명씩 흩어지기로 했어요. 기차역 근처에는 마루타를 전문적으로 잡아들이는 헌병대 건물이 있어, 되도록 헌병대 건물과 멀찍이 떨어져 움직여야 해요. 중국인 마을까지는 모두 지리가 밝아요. 더러 이곳 시장 구경을 나온 적이 있었거든요. 시장은 그럴싸하게 북적거렸고, 생각했던 것보다 신기한 물건도 많았지요. 물론 미오와 함께 갔던 하얼빈의 중앙대가와는 비교할 수 없지만 말이에요. 위안부들이 시장 구경을 나갈 때면 다나카는 대단한 정보라도 알려 주는 척 거드름을 피웠어요.

"되놈 장사꾼들 마음은 시꺼메도 보통 시커먼 게 아니다, 그 마음속에 능구렁이가 한 백 마리는 앉아 있을걸. 겉으로는 온갖 달콤한 말을 꾸며 물건을 사게 하지. 그러니까 물건을 살 땐 되놈 장사꾼이 부르는 가격대로 다 주지 말고 물건값을 반으로 뚝 잘라 불러라."

나와 순분 언니는 몸을 숨길 만한 곳을 찾기 위해 마을과 조금 떨어진 산으로 갔어요. 낮은 관목 위로 덤불이 쳐진 곳으로 가 자리를 잡았어요. 가져온 감자로 배고픔을 달랜 뒤 자리에 누웠어요. 지금쯤 우리가 도망친 걸 알고 다나카가 헌병대에다 신고했을 테죠. 위안소에 남은 사람들도 우리를 원망하고 있을 거예요. 그래도 어쩔 수 없어요. 첫날은 아무 일도 일어나지 않았어요. 다시 밤이 되자 철길을 바라보며 걸었어요. 발에 물집이 잡혔는지 발을 내디딜 때마다 욱신거려요. 그렇지만 날이 밝도록 걸음을 멈추지 않았지요.

　위안소를 떠난 지 이틀째가 되자 불안했던 마음이 누그러들었어요. 고픈 배를 채우고 소나무가 우거진 무덤가에 누워 잠을 잤어요. 아기를 가진 순분 언니는 몹시 고단했던지 이내 코까지 골아요. 나도 잠이 들었어요.

　"일어나라!"

　"……"

　"당장 일어나라."

　"아……!"

누군가 내 등을 발로 찼어요. 아픈 등을 만지며 돌아눕다 다나카의 매서운 눈빛과 마주쳤어요. 그 주위로 총을 든 군인들이 빙 둘러서 있어요. 꿈이겠지? 꿈속까지 따라와 괴롭히는 다나카, 나쁜 놈.

"은주야, 잡혔어."

언니 말이 떨어지기 무섭게 군홧발이 언니 몸으로 쏟아졌어요.

"살려 주세요. 살려 주세요. 아아악…… 저 애는 살려 주세요. 제가 데려왔어요. 싫다는 애를 제가 데려왔어요."

울부짖는 언니 등 위로 다시 군홧발이 쏟아졌어요.

"아기를 가져서 도망쳤어요. 아기를 살려 줘요."

"아기? 그동안 날 속였어. 이런 나쁜 조센징……. 에잇!"

군홧발이 언니의 배를 향해 날아들었어요. 다나카와 군인들이 순분 언니에게 가 있는 틈을 타 치마 속 허리에 차고 있던 보퉁이를 풀숲에 얼른 숨겼어요.

"언니……."

나는 언니에게 달려갔어요. 언니의 치마 속에서 피가 흘러나오네요. 언니는 눈을 몇 번 끔벅이더니 이내 감아 버렸어요.

"언니, 죽지 마. 죽으면 안 돼……."

언니 손이 가늘게 떨렸어요.

"마차에 실어라."

피 흘리는 언니를 군인들이 질질 끌고 가 마차에 실었어요.

"이찌에, 너 때문에 나까지 이렇게 나왔다."

"다나카, 살려 줘요."

"허튼수작 부리 마. 마사오 중위님만 아니었다면……."

"마사오 중위님이 왜요?"

"마사오 중위님이 미오 님의 오른팔인 거 몰라? 널 반드시 살려서 데려오라고 신신당부를 했어. 가자."

미오의 비밀 공책을 몰래 빼돌린 벌을 받고 있나 봐요.

"이찌에, 누가 주동자냐? 쟤냐?"

"몰라요. 우린 그냥 따라나섰어요. 얼마쯤 오다 모두 헤어졌어요."

"아무리 미오 님이 부탁해도 네가 주동자라면 살려 줄 수 없어. 그러나 주동자가 누군지 말하면 넌 살 수 있을 거야. 네가 말했다고 하지 않을 테니 말해 봐."

"정말 몰라요."

"나중에 들키면 넌 당장 이거야."

다나카가 손으로 목을 자르는 시늉을 해 보였어요. 내가 마차에 올라타자 이내 출발했어요. 손가락을 언니 코에다 갖다 대자, 가늘지만 따스한 콧김이 느껴졌어요.

"언니, 죽으면 절대 안 돼. 보따리는 우리가 잤던 곳 풀숲에다 잘 두고 왔어. 다음에 꼭 찾을 테니 걱정하지 마. 언니, 죽지 말고 살아서 집으로 돌아가자……."

피범벅이 된 언니 귀에 대고 속삭였어요. 언니 입술이 천천히 움직였어요.

주동자 색출

"맨 처음 도망치자고 말한 자가 누구냐?"

헌병대 군인(헌병)이 철봉을 휘두르며 악을 써 댔어요. 우리 열두 명은 사흘 만에 모두 잡혀 오고 말았어요. 나를 제외한 열한 명은 머리끝에서 발끝까지 바늘 들어갈 구멍조차 없을 정도로 맞았어요.

"차라리 저도 때려 주세요."

내가 때려 달라고 매달려도 들은 척도 하지 않아요. 나는 잡혀 온 날부터 모든 고문에서 제외됐어요. 미오가 부탁한 걸까요? 미오, 난 너를 배신했어. 배신자라고. 미오와 마사오 중위를 만나게 해 달라고 부탁했지만 소용없어요.

"맨 처음 도망치자고 제안한 자가 누구냐? 주동자 외에는 모두 살려 주겠다. 말해라."

"……"

"어서 말하라니까. 너야?"

"그래요. 제가 그랬어요. 얼른 죽여 주세요."

금희 언니가 고개를 끄덕이며 울부짖었어요.

"좀 더 빨리 자백했으면 모두 이렇게 맞지 않았을 텐데. 줄에다 매달아라."

"그 앤 아무것도 몰라요. 제가 그랬어요. 제가 얘들에게 도망치자고 말했어요. 그러니 저를 죽여 주세요."

순분 언니가 무릎걸음으로 기어 앞으로 나오며 말했어요.

"이년이 맨 처음 도망치자고 한 게 사실인가?"

"아니에요. 제가 그랬어요."

"아니에요. 제가 그랬어요."

언니들이 서로 자기가 그랬다며 앞으로 나섰어요. 화가 난 군인이 들고 있던 채찍을 휘둘렀어요. 언니들은 한 명 한 명 다시 쓰러졌어요.

"제발 이러지 마세요. 차라리 저도 같이 때려 줘요."

"넌 가서 앉아 있어라."

"절 때리라고요!"

"네가 이럴수록 쟤네들이 더 맞는다는 걸 몰라?"

126

나는 의자로 가 앉았어요. 온몸이 바들바들 떨렸어요.

"안 되겠어. 바른대로 말할 때까지 해야겠군. 호스 가져와."

군인의 명령에 다른 군인이 수도꼭지에다 끼운 호스를 끌고 왔어요.

"입 벌려."

"살려 주세요."

"더 크게 벌리란 말이야."

"아아아악……."

군인은 억센 손으로 금희 언니 입을 벌려 호스를 입에다 끼워 넣었어요. 그러고는 물을 틀었지요. 사나운 물줄기가 언니 입속으로 콸콸 쏟아졌어요. 언니는 너무 아픈지 머리를 흔들며 발버둥을 쳤어요. 언니의 배는 점점 부풀어 올랐어요. 당장에라도 펑 터져 버릴 것 같아요.

"너희 셋 중 누가 맨 처음 도망치자고 했지?"

"제가 그랬어요."

"저예요."

"아니에요. 제가 먼저 도망치자고 그랬어요."

무서움에 벌벌 떨고 있으면서도 언니들은 순분 언니가 먼저 그랬다고 말하지 않았어요.

"안 되겠군. 매운맛을 더 봐야지. 거꾸로 매달아라."

언니들은 거꾸로 매달린 채 채찍을 맞았어요. 군인들은 숨을 쉬지 않는 언니들을 들판에다 내다 버렸지요.

마사오 중위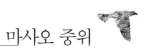

    탈출 사건은 순분 언니와 두 언니의 죽음으로 마무리되었어요. 이번 사건으로 위안소 단속은 더 철저해졌고, 우리는 허락 없이 위안소 밖으로 한 발자국도 움직일 수 없게 되었지요. 나는 위안소에서 외톨이가 되었어요. 함께 탈출했던 위안부들도, 위안소에 남았던 위안부들도 나를 멀리했어요. 탈출 계획을 미오와 마사오 중위에게 귀띔해 준 게 나였다는 소문이 돌았기 때문이지요. 죽은 언니들 빚과 군대를 동원한 비용, 위안소 운영을 방해한 비용까지 나눠 갖게 된 위안부들은 내 탓이라며 신경질을 부렸지요. 한마디로 나는 왜놈 앞잡이, 꽹이와 같은 사람이 돼 버렸어요. 양심을 팔아 버린 꽹이 말이에요.

    8월로 접어들자, 매일 한 차례 뿜어내던 검은 연기는 하루에도 몇 차례씩 하늘을 뒤덮었어요. 오늘도 난 혼자서 군인들의 피와 고름이 뒤엉킨 군복을 빨고 있어요. 눌어붙은 피딱지는 힘을 주어 빨아도 얼룩이 지워지지 않아요.

"이찌에?"

내 머리 위로 그림자 하나가 멈춰 섰어요.

"누구세요?"

팔자 주름이 선명한 늙은 군인이 나를 내려다보았어요.

"나는 마사오 중위다."

"중위님…… 미오는요?"

"미오 님 일은 참으로 유감이다."

"무슨 말씀이세요? 미오는 본토로 돌아갔나요?"

"일이 복잡해졌다."

마사오 중위가 입술을 꾹 다무는 바람에 팔자 주름이 더 깊
게 잡혔지요.

"미오 님의 공책을 어떻게 했느냐?"

"공책이라뇨?"

"네가 가지고 있던 미오 님의 공책 말이다."

나는 두 손을 가슴에 얹고 지그시 눌렀어요.

"조선족 부부에게 넘겼어요."

"조선족 부부?"

"아마 서양 남자가 가져갔을 거예요."

"아니다."

"조선족 부부가 서양 남자에게 넘긴다고 했어요."

"데이비드 대위는 공책을 넘겨받지 않았어."

미오가 무슨 말을 어떻게 했는지 알 수 있으면 얼마나 좋을까요.

"데이비드 대위 말이 미오 님에게 큰돈을 줬는데, 미오 님이 공책을 주지 않았다는구나. 너…… 혹시, 미오 님이 돈 받는 걸 봤니?"

"미오는 돈을 받지 않았어요."

"받았다."

"제가 똑똑히 봤어요. 받지 않았어요."

나는 사실대로 말했어요.

"미오 님은 지금 제정신이 아니다. 미쳐 버렸다. 그런데 데이비드 대위는 정확히 미오 님께 돈을 줬다고 한다. 공책을 당장 넘기지 않으면 미오 님을 잡아가겠다고 협박을 해 오고 있어."

마사오 중위 얼굴이 심하게 일그러졌어요.

"이찌에, 조선족 부부 얼굴을 기억할 수 있느냐?"

"밤이라……."

"그 공책을 찾지 못하면 미오 님은 죽게 된다. 큰일이다, 큰일. 난 미오 님이 얼마나 좋은 사람인지 잘 알고 있다. 너도 그렇지?"

"네……."

"조선족 부부를 찾아야 한다. 다나카에게 말해 놓았으니 내일 아침에 보자."

엉겁결에 고개를 끄덕였지만, 마사오 중위 말이 맞는 건지, 조선족 부부를 찾더라도 알려 줘야 하는지 머릿속이 뒤엉켜 버렸지요. 그러나 다행인 건 보퉁이를 확인할 기회가 왔다는 거예요.

사라진 공책

'우리의 용감한 발걸음이 대륙을 뒤흔들리라.

이 대륙에 떠오른 밝은 태양을 보며……'

이른 새벽부터 요란한 노랫소리와 함께 여러 대의 트럭이 위안소 마당으로 들어왔어요. 새로 온 부상병들이에요.

"어이쿠, 지독한 검은 연기 때문에 머리가 터질 것 같아. 뭘 태우는지 넌 알아?"

한쪽 다리를 잃은 어린 군인이 인상을 잔뜩 찌푸리며 내게 물었어요. 어린 군인은 그동안 먹지 못해 양 볼이 쏙 들어가고 광대뼈가 툭 불거져 나왔어요. 나는 대답 대신 상처에다 붕대를 감았지요. 어린 군인이 다시 물었지만, 고개를 가로저었어요. 끔찍한 일 따위는 입에 담고 싶지 않으니까요. 어린 군인은 머리가 아픈 건지, 다친 다리가 아픈 건지 앓는 소리를 내면서 두 눈을 질끈 감았어요.

134

"어떻게 이 전쟁터까지 왔나요?"

내 물음에 어린 군인이 감았던 눈을 떠 신기하다는 듯 나를 바라보았어요.

"난, 그저… 그러니까… 아직 어린데… 그러니까 엄마와 아버지를 떠나 이렇게 멀리 싸우러 온 게 안돼 보여서……. 그리고 이렇게 다리까지 다쳤으니까……."

"조국을 위한 일이라면 이 한목숨 바치는 건 아깝지 않아."

"나라는 우리를 위해 뭘 해 주죠?"

"어떻게 그런 말을……."

어린 군인은 누가 듣기라도 했을까 봐 주위를 두리번거렸어요.

"나라가 있어야 백성도 있는 것이다."

"나라가 마음대로 일으킨 전쟁 때문에 우리가 고통을 받아야 하는 건 나빠요. 난 그냥 우리 식구들이랑 함께 살고 싶어요. 엄마가 보고 싶어요."

붉게 물든 어린 군인의 눈이 나를 가만히 바라보았어요. '나도 엄마가 보고 싶어.' 하고 말하는 것 같았지요.

"이찌에, 마사오 중위님께 가 봐라."

다나카가 길게 하품을 해 대며 말했어요. 언니들이 떨떠름한 표정으로 나를 바라봤어요. 정문을 향해 잰걸음을 치는 뒤통수가 따가워요.

운전석에 앉은 마사오 중위가 어서 타라며 고갯짓을 했어요. 내가 차에 타자 이내 시동을 걸었지요.

"미오는 어때요?"

"공책만 찾으면 된다."

마사오 중위가 속력을 내며 대답했어요.

"중위님, 부탁이 있어요."

"뭐든지 말해 보아라."

"제가 이곳을 탈출하다 잡힌 산속으로 데려다주시면 안 될까요. 그곳에 미오가 준 돈을 숨겨 놓고 왔어요. 그 돈을 찾고 싶었지만, 외출 금지라 찾으러 갈 수 없었거든요. 저만 아는 장소라 제가 직접 가야 해서요. 제발 그 돈을 찾게 해 주세요."

"물론이다. 그 돈부터 찾게 해 주마."

중위님은 미오처럼 친절해요.

아침부터 내리쬐는 햇볕이 따가워요. 산 입구에 도착했을 때는 온몸이 땀으로 범벅이 되었어요.

"날도 더운데 중위님은 여기서 기다려 주세요. 제가 얼른 가서 찾아올게요."

"그래, 갔다 오너라."

한달음에 산을 올랐어요. 소나무가 우거진 무덤 뒤로 가 길섶을 뒤졌어요. 이리저리 풀을 헤쳤지만 보퉁이는 보이지 않아요.

"이찌에, 여기다 숨겨 놓았구나. 으하하……."

마사오 중위가 권총을 겨누며 다가왔어요.

"허튼수작을 부렸다간 이 총알이 네 머리를 통과할 것이다. 내가 던진 미끼에 제대로 걸려들었어. 비밀 공책을 여기다 숨겨 놓았단 말이지?"

"비밀 공책은 조선족 부부가……."

"거짓말! 내가 너 같은 조센징 계집애가 좋아서 죽이지 말라고 했겠느냐. 공책 때문이었다. 미쳐 버린 미오 대신 이 공책은 내가 가질 것이다. 으하하……. 난 미오가 이시이 시로 님만 볼 수 있는 731부대 내 고급 정보를 모으고 있다는 걸 알고 있었어."

"그래서 미오에게 잘해 주었군요. 미오는 그것도 모르고 마사오 중위님을 믿었고요."

"어리석은 미오 녀석, 어마어마한 돈을 벌 기회를 놓쳐 버리다니…… 뭐, 돈은 받지 않겠다고? 평화를 위해서? 빌어먹을, 화가 나 미칠 지경이로군. 으하, 으하하! 어쨌든 이렇게 공책을 내 손에 넣는군. 이시로 시로님의 세균 도기 폭탄 실험 결과까지 자세히 적어 놓았으니, 나는 부자가 되는 거다. 부자가……으하, 으하하……."

마사오 중위 얼굴에 더러운 웃음이 가득했어요.

"앙큼한 계집애."

"보세요. 여기 숨겨 놓고 간 보퉁이가 감쪽같이 사라졌어요. 그 속에 내 돈이 들어 있는데, 이제 난 망했어요. 망했다고요."

나는 그 자리에 주저앉아 엉엉 소리 내어 울었어요.

"조선족 부부가 공책을 가져간 게 틀림없다는 거지?"

"그래요. 여기다 놓고 간 보퉁이에는 돈이랑 물건만 들어 있었어요."

"반드시 조선족 부부를 찾아야 한다. 가자."

마사오 중위가 앞장서 산에서 내려가며 지껄였어요.

"찾게만 되면 너에게 돈을 듬뿍 주겠다."

"저도 돈이 필요해요. 천 원만 있으면 위안소를 떠날 수 있으니까요."

"그래, 좋다. 천 원이 아니라 만 원이라도 줄 테니, 공책을 반드시 찾아야만 해."

마사오 중위는 '공책'에 힘을 주어 말했어요. 누가 가져갔을까? 두근거리는 가슴을 두 손으로 지그시 눌러 달랬지요. 그러고는 애써 태연한 얼굴로 마사오 중위에게 물었어요.

"마사오 중위님, 만 원을 주신다는 말 진심이죠?"

"난 한 입 가지고 두말하지 않는다. 아주 많이 줄 테니 찾기만 해라."

"나중에 제가 한 일을 미오가 알면 어쩌죠?"

"그런 일은 절대 일어나지 않을 것이다. 미오는 완전히 돌아버렸으니까."

한 입 가지고 두말 하지 않는다는 이 사람, 뻔뻔스럽게도 미오를 팔아 가며 거짓말을 하고 있어요. 일본의 앞잡이 괭이처럼 양심을 팔아 버렸네요. 미오에게도 진심으로 충성하는 척하며, 미오의 생각과는 달리 자신의 잇속을 챙기기 위해 양심을 팔아먹었어요. 거짓과 참은 구별하기 어려워요. 거짓이 때론 참보다 더 참인 모습으로 다가오기 때문이겠지요.

마사오 중위는 뒷산에서 가까운 마을에 차를 세웠어요. 마을은 대부분 빈집이에요. 언제나 시끌벅적했던 장터도 할아버지 몇 분만이 벽에 등을 기댄 채 졸고 있을 뿐 파리만 윙윙거리고 있어요. 우물터로 가자 물을 길으러 나온 사람들이 보였어요. 마사오 중위가 그들을 향해 명령을 내렸어요.

"고개를 든 채 꼼짝하지 말고 있어야 한다. 허튼수작을 부렸다간 이 총알이 심장을 지날 것이다."

영문을 알 수 없는 사람들이 동상처럼 굳은 얼굴로 서 있어요. 나는 한 명 한 명 얼굴을 살피며 고개를 저었어요. 그때마다 마사오 중위 얼굴은 심하게 일그러졌어요.

"너, 너, 너 가서 마을 사람들을 한 놈도 빠짐없이 데려와라."

"아픈 사람도요?"

"무조건 다."

마사오 중위의 명령을 받은 사람들이 서둘러 우물터를 떠났
어요. 잠시 뒤 사람들이 모여들었지만, 대부분 늙은이에 아픈
사람들이었어요. 나는 다시 한 명 한 명 얼굴을 살폈어요. 남
자 품에 안겨 있는 여자는 화상을 심하게 입었는지 한쪽 눈이
찌그러졌고, 얼굴의 반을 차지한 우둘투둘한 검붉은 살갗 때문
에 사람 얼굴 같지 않아요. 웃고 있는지 울고 있는지 모를 얼굴
을 한 여자가 나를 빤히 바라보는 바람에 얼른 옆 사람을 바라
봤어요.

"이찌에, 가자."

마사오 중위가 다음 마을로 가자며 신경질적으로 말하고는
서둘러 차에 올랐어요. 나는 차에 오르며 중국인 남자 품에 안
긴 여자를 봤어요. 여전히 웃고 있는지 울고 있는지 알 수 없는
얼굴과 눈이 마주쳤어요.

고기 잔치

　미오의 비밀 공책은 영원히 사라져 버렸어요. 마사오 중위는 조선족 부부가 비밀 공책을 가지고 멀리 도망간 게 틀림없다며 몹시 화를 냈어요. 그게 자그마치 얼마짜린데 어이없게 빼앗겼다며 분을 삭이지 못했지요. 공책은 정말 어디로 갔을까요?

　"이찌에와 하루코, 이걸 731부대에 갖다 주고 와라."

　다나카의 명령으로 손수레를 끌고 731부대로 갔어요. 빨아 말린 군인들 옷이에요. 피투성이가 된 옷은 빨았는데도 얼룩이 무늬처럼 박혀 버렸어요. 하루코 언니는 일본인이에요. 돈을 벌기 위해 스스로 위안부가 되었지요. 위안소를 나가는 일이라 이런 배달 일을 할 때는 언제나 하루코 언니와 함께 가지요.

　오늘도 어김없이 굴뚝에서는 검은 연기가 쏟아져 나오네요. 머리가 지끈거려요.

　"너도 먹어 봤어?"

　"뭘?"

"그 고기 말이야."

"무슨 고기?"

부대 앞 담장을 지나는데 군인들 얘기 소리가 들려왔어요. 군인들이 몰래 소고기를 먹는다는 소문이 사실인가 봐요.

"그거 몰라?"

"그러게 그게 뭐냐니까?"

"고기 말이야. 고기."

"먹을 밥도 없는데, 고기는 무슨 고기?"

"어이구, 됐다 됐어."

답답한 군인이 가슴을 퍽퍽 쳐 대는 소리가 담장 너머까지 들려왔어요.

"알아듣기 쉽게 말해."

"그 고길 모르는 사람이 어딨어? 일부러 먹어 놓고 모른 척 시치미 떼는 거 아냐?"

"아이고, 참! 그래, 먹었다 먹었어. 무슨 고긴지 모르고 먹었다. 아주 고소하더라. 이제 됐지?"

"모르네. 알고 싶으면 오늘 저녁에 와서 직접 봐. 끝내주는 맛이지. 으하하!"

웃통을 훌러덩 벗어젖힌 군인들이 담 밑에다 넓고 깊은 구덩
이를 파고 있었어요. 쏟아지는 뙤약볕에 온몸에서 땀이 물처럼
뚝뚝 떨어졌지요.

"오늘 고기 잔치하는 거예요?"

"아니다."

"다 들었어요. 치사하게 저희만 빼고 먹기예요?"

"아니래도……."

삽질을 멈춘 군인이 땀이 줄줄 흐르는 수건으로 얼굴을 훔치
며 발뺌했어요. 하루코 언니는 고기를 얻어먹을 생각으로 삽질
하는 다른 군인의 땀을 닦아 주며 아양을 떨었지요.

"그런데 이렇게 더운 날 구덩이는 왜 파요? 그것도 이렇게 깊
게요?"

"글쎄다. 우리도 위에서 명령을 내리니까 그냥 파는 거다."

"우아! 저 비행기는 또 뭐예요?"

나는 넓은 운동장 한가운데 서 있는 비행기를 가리키며 물
었어요. 비행기를 이렇게 가까이에서 보기는 처음이에요. 비행

기는 엄청나게 큰 줄 알았는데, 군인 네 명 정도 앉으면 꽉 찰 작은 비행기예요.

"이시이 시로 중장님 사위가 몰고 온 경비행기란다. 이찌에 타 보고 싶으면 이시이 시로 중장님께 태워 달라고 해 봐라. 으하하!"

"치, 누가 저런 괴물 같은 거 타기나 한대요."

나는 입을 삐죽거리며 손수레를 끌었어요. 괜히 늦게 돌아왔다고 다나카에게 욕을 바가지로 먹지 않으려면 서두르는 게 좋겠어요. 하루코 언니는 고기를 얻어 낼 요량으로 나보고 혼자 갔다 오라 했어요. 건물 안으로 들어가 세탁물을 부려 놓는 곳에다 깨끗이 빤 옷들을 내려놓고는 빈 수레를 끌고 잰걸음을 쳤어요. 또다시 굴뚝에서는 하늘을 다 덮을 깜냥으로 검은 연기를 뿜어내고 있어요. 하루코 언니 혼자 먼저 가 버렸나 봐요. 여전히 군인들은 구덩이를 파느라 삽질을 하고 있어요.

"고기 잔치하면 꼭 불러야 해요."

"오냐오냐."

군인이 주위를 살피며 대답했어요. 부대를 빠져나와 담장 밑

을 지나는데 군인 목소리가 다시 들렸어요.

"정말이야? 실험실에서 나온……. 웩."

"너, 진짜 몰랐구나……"

하마터면 손수레를 놓칠 뻔했어요.

"굶어 죽는 거보다 낫잖아."

"말도 안 돼. 차라리 굶어 죽겠어. 우웨엑!"

"아직 배가 덜 고픈 모양이군."

군인 목소리가 내 가슴에 박혔어요. 가슴 한가운데가 끊어질 듯 아파요. 주먹으로 가슴을 퍽퍽 쳐 댔어요.

"이찌에?"

"……"

"이찌에? 불러도 대답도 하지 않고 왜 이러니? 다나카가 네가 도망쳤다고 난리야."

"언니도 알았어? 알고 있었어?"

"뭘 알고 있다는 거야? 애가 더위를 먹었나, 왜 그래?"

언니가 내 팔을 잡고 흔들었어요.

"고기… 군인들……"

"이찌에, 날씨가 더워서 머리가 이상해진 거 아니니? 고기는 뭐고 군인들은 뭐야. 이상한 소리 그만하고 어서 가기나 해."

나는 그 자리에 서서 계속 가슴을 퍽퍽 쳐 댔어요.

"이찌에, 진짜 왜 그래?"

"안 돼."

퍽!

"이찌에?"

"제발."

퍽!

나는 그 자리에 풀썩 쓰러지고 말았어요.

불타는 731부대

눈을 떴어요. 방 안이 제법 어두운 걸 보니 시간이 꽤 지난 모양이에요. 하루코 언니를 만난 것까지는 생각나는데 그다음 부터 일은 하나도 생각나지 않아요. 몸을 일으키려는데 침대 밑에서 누군가가 잡아당기는 것 같아요.

"이찌에, 괜찮니? 정신이 말짱한 거야? 고기, 군인 얘기하면 서 애꿎은 가슴을 퍽퍽 쳐 댔잖니. 가슴이 시퍼렇게 멍이 들었어. 정말 괜찮아?"

우웩, 기억이 되살아나자 구역질이 올라왔어요.

"오늘은 날이 안 좋아서 그러니, 계속 헛소리하는 사람이 왜이리 많은지 모르겠다. 일본이 전쟁에 졌다나 뭐라나. 부상병들을 자기네 나라로 데려간다며 트럭에 모두 싣고 가질 않나, 너도 그렇고."

"언니, 소고기가……"

"소고기는 내일 부탁해 볼게. 대신 미음 좀 챙겨 먹어. 다나카한테 들키면 혼나니까 빨리 먹어 둬. 그런데 오늘은 어째, 다나카도 온종일 코빼기도 안 보이고……. 꼭 챙겨 먹어."

"언니, 고마워."

언니가 이마를 몇 번 짚어 보더니 방을 나갔어요. 머리가 깨질 듯 아파요. 바람을 쐬면 좋아질 것 같아 마당으로 나왔어요. 바람이 부는 걸 보니 비라도 내릴 모양이에요. 별들도 달들도 이곳이 무서워 도망을 갔는지 보이지 않아요. 731부대 쪽만 훤하네요. 아침부터 구덩이를 파더니 밤늦도록 일을 하는지 마당 가득 불을 피워 놓았어요. 나는 뭔가에 홀린 듯 731부대로 걸어갔어요.

깨진 담장 틈으로 보니 낮부터 팠던 구덩이 주위에 군인들이 모여 있어요.

"이 많은 마루타를 어떻게 다 죽였대?"

"독가스로 죽였지."

'마루타'와 '독가스'라는 말이 또렷이 들려왔어요. 그러더니 군인들이 구덩이에다 죽은 마루타를 던져 넣고 있어요.

"무겁기는 엄청 무겁네."

"대략 400명은 되겠다던데."

"이 많은 마루타를 구덩이에 다 넣을 수 있을지 모르겠다."

자세히 보니 구덩이 옆에는 죽은 마루타들이 산더미처럼 쌓여 있었어요. 그런데도 계속해서 죽은 마루타가 손수레에 실려 왔어요. 방으로 돌아가 이 사실을 누군가에게 알리고 싶었지만, 다리가 움직이지 않아요. 들키기라도 하면 마루타처럼 구덩이에 던져질 것 같아요.

"이제 다 싣고 온 겁니까?"

"아직도 남았다. 서둘러 휘발유를 뿌려 태우라는 명령이다. 시간이 없다. 휘발유를 뿌려라. 서둘러라."

마사오 중위의 명령이 떨어지자 군인들이 휘발유 통을 든 채 구덩이에다 휘휘 뿌렸어요. 그러더니 이내 불을 붙였지요. 독가스에 죽은 마루타들은 뜨거운 불에 타, 두 번이나 죽임을 당하고 있어요. 나는 터져 나오는 울음을 참느라 두 손으로 입을 막았어요.

"날이 밝기 전에 말끔히 치워야 한다. 어서 서둘러라."

"마루타들이 생각보다 많아서 구덩이에 다 못 묻겠습니다."

"그렇다면 자루에 담아 송화강에 갖다 버려라. 어서 서둘러라."

마사오 중위는 뭔가에 쫓기는 사람처럼 군인들을 다그쳤어요.

"이 일이 끝나면 각자 짐을 챙겨서 밖으로 나와라. 그 즉시 이곳을 떠날 것이다."

"마사오 중위님 갑자기 철수하는 이유가 뭡니까?"

"731부대를 당장 없애라는 명령이다."

"싸움에 져서입니까?"

"더는 묻지 마라. 난 명령만 따를 뿐이다."

마사오 중위 대답이 단호했어요.

"이것도 모두 불살라 버리라는 명령입니다."

"그건 뭐냐?"

"731부대 자료라고 합니다. 글자 하나 남기지 말고 태워 버리라고 했습니다."

"알았다. 네가 직접 저 불구덩이에 던져 넣어라."

군인이 안고 있던 상자를 불이 활활 타오르고 있는 구덩이에 던져 넣었어요. 불길이 화르르화르르 치솟아 올랐어요. 엄청나게 많은 자료가 불 속으로 던져져 재가 되었어요.

타타타, 경비행기 프로펠러도 바쁘게 돌아가네요. 동그란 뿔테 안경을 낀 이시이 시로와 미오가 비행기를 향해 걸어오고 있어요.

"미오…… 미오……."

"……."

"미오……. 저예요, 이찌에……."

"이찌에……."

나를 본 미오가 달려왔어요.

"돌아오너라, 미오야…… 이제 곧 출발이다."

이시이 시로가 다급하게 불렀어요.

"중장님, 시간이 없습니다. 출발해야 합니다."

"미오를 꼭 데려가야 한다. 빨리 데려와라, 빨리!"

"시간이 없습니다."

"마사오 중위, 미오를 데려와라."

프로펠러가 바삐 돌아갔어요.

미오가 내 앞에 무릎을 꿇었어요.

"이렇게 비겁하게 떠나지만, 우리의 잘못을 잊지 않을 거야.

이찌에, 미안해."

"미오, 괜찮아요?"

고개를 끄덕이는 미오 손에 나무 새가 쥐여 있었어요. 그때 숨을 헐떡이며 달려온 마사오 중위가 미오를 일으켜 세웠어요.

"미오, 마사오 중위는……."

"미오 님, 가시죠."

마사오 중위가 내 말을 싹둑 자른 채 미오를 번쩍 안아 비행기를 향해 달려갔어요. 타타타타타……. 프로펠러 소리에 미오 목소리가 들리지 않아요. 나는 두 손을 가슴에 얹고 눌렀어요. 미오가 살아 있어 감사했어요.

이시이 시로와 미오가 부대를 떠나는 건 731부대를 철수한다는 의미예요. 그렇다면 나와 이곳에 남은 위안부들은 어떻게 되는 걸까요? 나는 위안소를 향해 달음질쳤어요.

비행기는 거대한 불바다 위를 날아올랐어요. 불바다 위를 몇 번 빙빙 돌더니 어두운 하늘 속으로 사라졌어요.

도망치는 다나카

위안소 입구에서 커다란 가방을 들고 살금살금 걸어 나오는 다나카를 만났어요.

"부대에 갖다 줄 짐이다. 어서 자라."

다나카 목소리는 내 마음처럼 다급했어요. 나는 방문을 두드리며 위안부들을 깨웠어요. 마당에서 불타는 731부대를 보고 있는데, 누군가가 다나카가 사라졌다며 소리를 질렀어요. 우리 돈을 모두 가지고 도망쳤다며 악을 썼어요. 조금 전에 본 다나카 얘기를 했더니, 우르르 부대로 몰려갔어요.

"건물에다 불을 질러라! 서둘러 불을 질러라!"

마사오 중위 명령에 군인들이 흩어져서 건물에다 휘발유를 뿌리고 불을 붙였어요.

"구덩이를 흙으로 잘 덮어 흔적을 남기지 마라. 어서 서둘러라. 이제 곧 출발이다."

"이렇게 모든 걸 태워 버린다고 당신들이 저지른 죄가 사라질 것 같아요? 당신은 천벌을 받을 거야."

"난 명령에 따랐을 뿐이다."

"당신은 불쌍한 사람이야. 명령을 따르기 위해 얼마나 많은 사람을 죽였을까? 다른 사람의 아픔을 느끼지 못하는 당신이 불쌍해!"

"하찮은 조센징 주제에, 저리 비켜!"

마사오 중위가 나를 밀치며 소리를 질렀어요.

"모두 트럭에 올라타라. 출발이다."

불길은 옆으로 퍼져 나갔어요. 이러다 위안소뿐만 아니라 핑팡 지구 전체가 타 버릴 것 같아요.

"이제 됐다, 모두 차에 올라라. 철수! 철수다!"

"철수! 철수다!"

군인들이 우르르 트럭에 올랐고, 마사오 중위도 트럭을 향해 걸어갔어요.

"당신들이 저지른 죄는 이깟 자료를 태운다고 없어지지 않아. 마루타를 태운다고 없어질까? 저깟 건물이 불태워진다고 없어질까? 그렇지 않아. 내 가슴에 고스란히 남아 있고 세상

사람들 가슴에 남아 있을 테니까. 당신은 미오보다 더 어리석었어. 미오의 공책 내가 갖고 있어."

"너… 감히 네가……. 그게 얼마짜리인데……. 당장 내놔."

"절대 줄 수 없어. 이 공책으로 너희가 저지른 죄를 세상에 낱낱이 알릴 거야."

"어딨어? 말해, 말을 해!"

미사오 중위가 내 목을 두 손으로 졸랐어요. 눈알이 튀어나올 것 같더니 숨을 쉴 수가 없어요. 놀란 위안부들과 군인들이 달려들어 뱀처럼 엉겨 붙은 마사오 중위의 손을 내 목에서 떼어 냈어요. 화난 마사오 중위를 트럭에 태웠어요.

"잠깐만요? 저도 데려가 주세요."

집채만 한 가방을 든 다나카가 달려와 잽싸게 트럭에 올라탔어요.

"이제 너희는 자유의 몸이다. 너희를 아주 비싸게 사 왔지만 이제 공짜로 풀어 줄 테니 마음대로 가거라."

"군표는? 군표를 돈으로 바꿔 준다고 했잖아?"

"군표는 나도 필요 없다……."

160

"군표를 돈으로 바꿔 줘야지, 이 나쁜 놈아."

우리는 트럭에 매달렸어요. 나머지는 트럭 앞으로 가 섰어요. 군인들이 군홧발로 움켜쥔 손들을 꽉꽉 밟았지만 이를 앙물고 손을 놓지 않았어요.

"사무실 서랍에 돈이 있으니 마음껏 가져가라."

"진짜야?"

"불이 건물로 옮겨붙기 전에 어서 가서 돈을 가져라. 그 정도의 양심은 있다."

다나카의 말대로 사나워질 대로 사나워진 불길이 옆으로 옆으로 계속 옮겨붙고 있어요.

"다나카 말을 믿으면 안 돼."

나는 트럭에 매달린 채 소리를 질렀어요.

"난 틀림없이 사무실에다 너희 몫의 돈을 두고 왔다. 그 정도의 의리는 지키는 사람이다. 천황 폐하의 이름을 걸고 말한다. 건물에 불이 붙기 전에 돈을 가지러 가거라. 돈을 남겼는데도 가지지 못한 건 너희 책임이다."

"다나카를 내려놓으면 당장 길을 비키겠어요. 다나카를 내려

놓으세요."

나는 차에 매달린 채 소리를 질렀지만, 얼마 가지 못해 달리는 트럭에서 떨어지고 말았어요.

어느새 새벽이 가고, 아침 해가 떠올랐어요. 까옥까옥…….
배고픈 까마귀 떼가 구덩이 위로 날아와 날카로운 주둥이로 땅을 파기 시작하네요.

"저리 가!"

돌멩이를 던졌지만, 까마귀들은 달아나지 않아요.

"끝까지 트럭을 붙잡았어야 했어."

"사무실에 돈이 있다는 말만은 진심인 줄 알았어. 그놈 말을 믿은 우리가 잘못이지. 나쁜 놈……."

마지막까지 양심을 판 다나카였지요.

마지막 선물

"여기에서 있었던 일은 잊어버려. 아니 그냥 지워 버리자. 우리만 입을 다물면 아무도 몰라. 여기서 무슨 일이 있었는지 어떻게 알겠어. 알겠지? 여기서 있었던 일은 말끔히 지워 버리는 거야. 우리도 집으로 가자."

나이가 가장 많은 미자 언니가 자리에서 일어서며 말했어요. 우리는 서로의 얼굴만 바라볼 뿐 자리에서 일어나지 않았어요. 가고 싶은 곳으로 마음대로 갈 수 있게 되었는데도 발걸음이 떨어지지 않아요. 미오와 함께 갔던 중앙대가에서도 마음만 먹었다면 도망칠 수 있었는데, 도망치지 못한 이유는 뭐였을까요? 미오가 돈이 든 지갑을 주던 날, 나는 도망갈 수 있었어요. 미오도 그걸 바랐으니까요. 그런데도 도망갈 수 없었던 건, 집으로 갈 용기가 없었기 때문이에요. 집으로 돌아가 아무 일 없는 듯 살아갈 수 있을까요. 더럽혀진 몸으로 집에 돌아가면 식구들을 괴롭히게 되니까요.

"어서 일어나. 집으로 돌아가서 새롭게 시작하는 거야. 우리에겐 아무 일도 일어나지 않았어."

"난 갈 수 없어……."

"여기 계속 있을래?"

"어디로 가야 해? 어디로……."

각자 방으로 들어가 짐을 챙겼지만 난 갈 곳을 잃었어요. 나에게 남은 건 한낱 종잇조각이 되어 버린 군표 몇 장이 전부예요. 죽을 만큼 아픈 날들을 그래도 이겨낼 수 있었던 게 바로 이 군표였지요. 군표만 있으면 엄마에게 꽃마차도 태워 주고, 동생들에게 맛있는 걸 사 주고, 아버지 병도 고쳐 주고, 할머니에게도 뜨뜻한 아랫목을 내어 드릴 수 있었기 때문이지요. 나는 군표를 갈기갈기 찢었어요. 일본군 '위안부' 이찌에의 삶도 갈기갈기 찢어 버렸어요.

똑똑, 문 두드리는 소리가 나더니 이내 문이 열렸어요. 낯익은 얼굴, 조선족 부인이에요.

"절 기억하겠어요? 떠났을까 봐 아침 일찍 출발했는데, 만나서 다행이에요. 이걸 주려고 왔어요."

조선족 부인이 내가 준 보퉁이를 내밀었어요.

"미오 님이 731부대가 떠난 뒤에 아가씨에게 돌려주라고 해서 지금에야 왔답니다."

"서양 남자가 아니고요?"

"미오 님은 틀림없이 아가씨에게 주라고 했어요. 아가씨에게 줄 마지막 선물이라고 했지요. 이것도 받으세요."

조선족 부인은 편지봉투를 건넸어요.

"참, 아가씨가 준 편지는 미오 님께 잘 전달해 드렸어요."

"고맙습니다."

"얼굴이 좋지 않아요. 어디 아픈가요?"

나는 고개를 저었어요.

"갈 곳은 있나요?"

"아니요……."

"그럼, 우리 집으로 갈래요?"

나는 천천히 고개를 끄덕이며 눈물을 흘렸어요.

미오의 편지

이찌에, 이 편지를 받을 때쯤이면 난 본토에 있을 거야. 731 부대에서 보낸 모든 시간이 꿈이었으면 좋겠어. 우리 일본은 전쟁에 졌어. 너처럼 어린 소녀들을 강제로 끌고 왔지만, 전쟁에 졌어. 세균 도기 폭탄과 생체 실험을 했음에도 전쟁에서 지고 말았지.

그동안 나는 내가 한 일들로 괴로워했지만, 잘못은 없다고 생각했어. 그저 이시이 시로의 명령을 따랐을 뿐이니까. 그런데 말이야, 암컷 마루타가 내 생각이 틀렸다고 알려 주었어. 자기는 죽어도 되니 아기를 살려 달라고 했거든. 나는 살아남기 위해 이시이 시로의 명령을 따랐고, 사람들을 죽였지. 속마음 어딘가에는 생체 실험을 통해 유능한 의사가 되고 싶다는 욕망도 숨어 있었을 거야.

내 잘못은 나로 인해 다른 누군가가 겪을 아픔을 단 한 번도 생각해 보지 않았다는 거야. 명령을 따르느라, 남의 아품을 돌아볼 줄 몰랐던 나는 죄인이었어.

　이찌에, 잘못을 용서해 달라고 빌지는 않을 거야. 용서 받지 못할 잘못을 저질렀기 때문에. 나와 우리 일본의 잘못을 용서하지 마. 그렇지만 이 말만은 하고 싶어.

　'잘못했습니다.'

　미오의 편지를 읽고 난 뒤, 나는 깊은 잠속으로 빠져들었어요. 조선족 부인의 말소리에 눈을 떴는데, 몸과 마음이 한결 가벼워졌어요.

　"꼬박 사흘을 잤어요. 이걸 좀 먹어 봐요. 자, 아~ 해 봐요."

　조선족 부인이 죽 한 숟가락을 떠서 내 입에 넣어 주었어요.

　"기운 차리고 집으로 돌아가야지요."

　"제 몸이 너무 더럽혀져서 돌아가도 괜찮을까요?"

　"괜찮고말고요. 아가씨가 집으로 돌아온 것만으로도 식구들에게는 기쁨일 거예요."

　그때 밖에서 아기 울음소리가 들려왔어요. 조선족 남편이 아기를 안고 방으로 들어왔어요. 볼살이 통통한 아기가 조선족 부인을 보자 더 큰 소리로 울음을 터트렸어요. 부인이 얼른 아기를 받아 죽을 먹이자 언제 울었냐는 듯 아기는 울음을 뚝 그쳤지요.

"우리에게 온 복덩이예요. 이 아이가 우리를 살리고 있어요. 미오 님과 아가씨 덕분이지요. 이렇게나마 아가씨에게 은혜를 갚게 되어 다행이에요."

"제가 더 고맙습니다."

"아가씨, 식구들은 아가씨가 돌아오기만을 기다리고 있어요."

"저도 보고 싶어요."

"몸이 완쾌될 때까지 여기서 푹 쉬고 집으로 돌아가요. 자, 어서 먹어요."

부인이 내 손에 숟가락을 쥐어 주었어요.

화상 입은 여자

조선족 부부 집을 떠난 건 닷새 뒤였어요. 철길을 따라 걸었어요. 독립군을 잡느라 밤낮으로 시뻘건 눈을 희번덕거리던 헌병대는 텅 비었어요. 도망치는 위안부를 잡아갈 헌병은 이제 한 명도 없어요. 이제야 일본이 전쟁에 지고 조선이 해방된 게 느껴져요. 광복만 되면 모든 게 예전으로 돌아갈 줄 알았어요. 그런데 광복은 끔찍한 기억까지 지워 주진 않아요.

보퉁이를 잃어버린 산으로 가기 전에 물을 마시기 위해 마을 공동 우물로 갔어요. 마사오 중위와 왔을 때처럼 마을은 조용하네요. 할머니 한 분이 지팡이를 짚은 채 우물 뒤쪽에 앉아 꾸벅꾸벅 졸고 있어요. 나는 깊디깊은 우물에다 두레박을 내렸어요.

"안 돼요. 안 돼."

두레박 소리에 잠이 깬 할머니가 팔을 휘저으며 다급하게 말했어요.

"왜놈들이 후퇴하면서 우물에다 병균을 넣었어요. 아무것도 모르고 먹다 마을 사람들 대부분이 죽었어요. 100명도 넘게 죽고, 살아남은 사람도 산 모습이 아니라오."

"……."

"왜놈들은 사람도 아니에요……. 어디로 가는지 모르지만, 우물마다 세균을 넣었다고 하니 조심해요."

"고맙습니다, 할머니."

"전에 일본 군인이랑 왔던 아가씨가 맞죠?"

"네……."

할머니 눈치를 살피며 대답했어요.

"우리 마을에도 아가씨처럼 위안부였던 조선인 처녀가 살고 있다오."

"네? 조선인 위안부요?"

놀란 나는 할머니를 바라보며 물었어요.

"일본 군인들이 죽었다고 들판에 버렸는데 용케 살아났어요."

"할머니, 그 집을 알려 주세요."

"그래요. 나를 따라오세요."

나는 할머니를 따라갔어요.

할머니는 흙집 앞에서 밍밍이를 불렀어요. 치파오를 차려입은 여자를 안고 중국 남자가 밖으로 나왔어요. 마사오 중위와 왔던 날 봤던 화상 입은 여자예요. 여전히 웃고 있는지 울고 있는지 알 수 없는 얼굴이에요.

"은주야?"

"어떻게 제 이름을?"

"나, 순분이야."

"언니?"

믿을 수 없어요.

그날, 마차에 실려 온 여자들을 들판에다 버리는 걸 멀리서 지켜본 중국인 남자가 있었어요. 그 중국인 남자는 일본 군인들이 사라진 뒤 여자들에게 가 숨이 붙었는지 확인해 보았지요. 그중 한 명의 숨이 붙어 있어 집으로 데려왔는데, 그 사람이 바로 순분 언니였다는 거예요.

"언니, 나 공책을 잃어버렸어."

"당연하지. 내가 가지고 있으니까."

"언니가?"

"네가 풀숲에 두었다고 한 말을 기억하고 있었거든."

언니가 공책과 통행증, 돈이 든 보따리를 내 앞으로 내밀었어요.

"다행이다. 난 공책을 잃어버리고 언니에게 얼마나 미안했는지 몰라. 미오도 이 공책을 서양인 남자에게 주지 않고 나에게 주려고 조선족 부부에게 맡겨 놓았어."

"미오 그 사람, 끝까지 양심은 있네. 어쨌거나 이 공책의 주인은 너야."

"아니, 지금처럼 언니가 가지고 있어. 언니의 목숨과 바꾼 거니까."

"난 나 혼자 힘으로 할 수 있는 게 아무것도 없어. 밥도 먹여 주지 않으면 굶어야 하고 눕고 싶어도 혼자 힘으로 누울 수 없어. 은주야, 네가 잘 간직하고 있어 줘."

"언니, 나도 여기서 언니랑 살면 안 될까? 무서워."

"괜찮아, 다 괜찮아."

언니가 내 등을 쓰다듬어주며 속삭였어요.

은주 이야기

빠아앙 빠아앙, 치이칙 치이칙!

원산행 기차가 서서히 몸을 움직였어요. 배웅 나온 순분 언니와 형부가 보이지 않을 때까지 손을 흔들었어요. 눈물이 볼을 타고 흘러내렸어요. 칙칙칙칙, 기차가 속력을 내는 만큼 언니와 형부는 점점 멀어져 가네요. 이제부터 난 혼자예요. 혼자가 된다는 건 누군가를 만나기 위한 준비 시간인지도 모른다는 생각이 들어요. 한참을 차창 밖을 내다보았어요. 지나가는 하늘과 구름과 나무와 들판은 오래전부터 봐 왔던 익숙한 풍경 같아요.

나는 품에 안고 있던 보퉁이에서 순이가 준 공책과 만년필을 꺼냈어요. 표지에다 '황은주'라고 이름을 적었어요. 그리고는 표지를 넘겼어요.

나 황은주가 지금부터 쓰려고 하는 이야기는 한 치의 거짓

174

이 더해지지도 빼지지도 않은 양심적인 글임을 밝힙니다.

1945년 8월 26일 원산행 기차 안에서.

다시 한 장을 넘겼지요. 잠시 눈을 감았어요. 순분 언니와 순이와 위안소에서 만난 언니들과 미오의 기억, 미처 세상 밖으로 나오지 못한 이야기들이 내 몸속에서 아우성치네요.

<나는 일본군 위안부였어요>

괜찮다, 다 괜찮다

뻐꾹, 뻐꾹…….

"은주야, 어서 피해라."

아버지의 놀란 눈이 나보다 먼저 다락으로 향했어요. 며칠 전 주재소로 끌려가 온몸 가득 시커먼 피멍이 들도록 맞고 겨우 살아 돌아온 아버지가 뭉그적거리는 나를 재촉하네요. 뻐꾹, 뻐꾹, 뻐뻐꾹…… 뻐꾸기가 바삐 우네요.

'저놈의 뻐꾸기……'

애꿎은 뻐꾸기에게 화풀이했어요. 아버지가 끙끙거리며 아픈 몸을 일으켜 세우네요.

일흔을 훌쩍 넘긴 병든 할머니를 얼음장보다 시린 방바닥에 누이는 게 죄스러웠던 아버지는 한밤중에 몰래 뒷산으로 가 나무를 한 짐 해 왔어요. 그게 들통이 나 주재소로 끌려가 죽지 않을 만큼 맞고서 집으로 돌아왔지요. 아버지의 아버지, 그 아버지의 아버지 적부터 제 집인 양 드나들었다는 산이었는데, 갑자기 대일본제국의 허락 없이 산에 올라가서는 안 된다는 법이 만들어졌어요. 엄마는 이 일을 두고 미치고 팔짝 뛸 일이라며 화를 냈지요. 엄마의 화를 돋우려 작정한 듯 산에서 약초를 캐거나, 불쏘시개 한 개라도 주워 왔다간 산림법에 걸려 벌금을 물어내야 한다는 엉터리 법까지 만들어 놓았지요.

"은주야……."

"쥐새끼가요……."

"괜찮다. 다 괜찮다."

아버지는 내 마음을 알아차리기라도 한 듯 나직이 속삭였어요. '괜찮다, 다 괜찮다.' 이 말은 아버지를 보호해 주는 강력한 무기 같아요. 아버지는 주재소에 붙들려 가 매타작을 받고 왔는데도 '괜찮다, 다 괜찮다'며 웃었어요. 그런 아버지를 보고 엄마는 땅바닥에 주저앉아 꺼이꺼이 울었지요. 무엇이 괜찮은 것인지 알 수 없지만, 아버지에게는 모든 게 다 괜찮은 일인 것 같아요.

'괜찮다, 다 괜찮다.'

'괜찮다, 다 괜찮다.'

나도 아버지를 따라 했어요. 주문처럼 외우며 다락문을 열었지요.

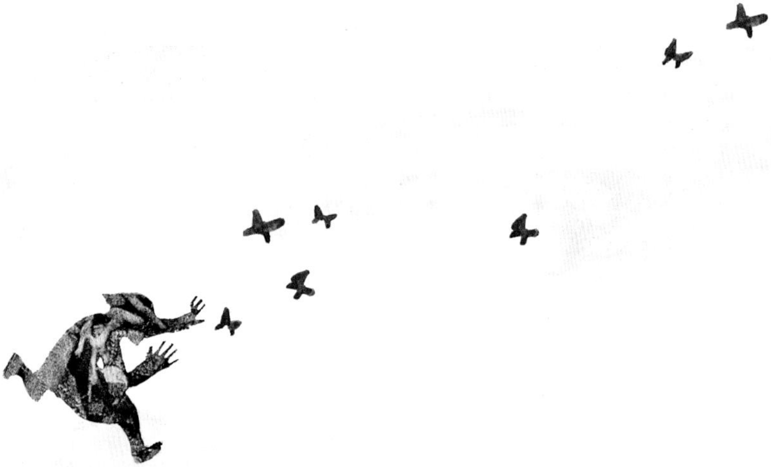

| 2부 |
731부대를 아시나요

짓지 않은 죄

"미오 유타카!"

표정 없는 얼굴로 엄마가 나를 바라보았다.

"엄마, 난 아니야."

"미오……"

"엄마, 정말 아니라니까."

당장에라도 뻥 터져 버릴 듯한 개구리 배를 보며 엄마는
눈물을 흘렸다.

"엄마, 정말 아니야."

"거짓말까지 하는구나. 실망이다."

"나카무라가 그랬어. 난 하기 싫었는데, 나카무라가 자꾸
하라고 했어. 나카무라가 시키는 대로 했어. 난 억울해."

"억울하다고?"

"응. 내가 한 것도 아닌데 엄마가 날 혼내니까 억울해."

난 울면서 말했다.

"미오, 억울한 건 가엾은 개구리야."

"엄마는 사람도 아닌 그깟 개구리가 나보다 더 좋아?"

"개구리도 생명이 있잖아."

"내가 한 게 아니라고 했잖아."

"나카무라가 하는 걸 지켜만 봤다는 거구나. 그게 더 나빠."

"엄마……."

"잘 있거라. 미오……."

엄마가 돌아선 채 안개 속으로 사라졌다.

"엄마, 엄마……."

"내가 너 대신 벌을 받을 거야."

"엄마, 난 억울해요. 엄마 제발 돌아와 주세요……."

꿈.

731부대로 온 후부터 종종 꾸는 꿈. 눈가에 눈물이 흘러내렸다.

꿈은 열 살 때의 기억을 또렷이 되살려 놓았다. 그날, 나카무라는 내게 근사한 걸 보여 주겠다며 내 손을 끌었다. 개미집에

물 넣기, 잠자리 날개 태우기, 담장 위에서 병아리 날리기……. 나카무라는 언제나 신기하고 재밌는 놀이로 우리를 즐겁게 해 주었다. 오늘은 얼마나 재미난 일이 일어날까, 나와 동무 몇 명은 잔뜩 기대에 차서 나카무라 뒤를 졸졸 따라갔다. 도착한 곳은 학교 앞 보리밭이었다. 누렇게 익은 보리들이 바람결에 몸을 흔들며 우리를 반갑게 맞이했다.

"여기 개구리가 참 많다. 큰 놈으로 잡아라."

"개구리로 뭐 하게?"

"기대해. 큰 놈일수록 좋으니까 어서 잡아 오기나 해."

우리는 흩어져서 개구리를 잡았다. 그 사이 나카무라는 가느다란 보리 대궁을 꺾어 놓았다.

"자, 하나씩 받아."

우리는 나카무라가 나눠 주는 보리 대궁을 받아들며 어떤 근사한 일이 일어날지 기대했다.

"보리 대궁을 여기다 꽂아. 이렇게 천천히 넣으면 돼."

나카무라가 시범을 보였다. 동무들이 나카무라를 따라 개구리 엉덩이에다 보리 대궁을 끼웠다.

"미오, 어서 끼워."

"난 못 하겠어."

"줘 봐. 내가 해 줄게."

나카무라가 내 손에 있던 개구리를 가져가며 보리 대궁이 매달린 개구리를 나에게 주었다.

"자, 다 끼웠지. 끼웠으면 이렇게 불어 봐."

나카무라가 보리 대궁에 입을 대고 후후 불었다. 개구리 배가 차츰차츰 커졌다. 개구리 발가락이 파르르 떨렸다.

"그만, 그러다 터지겠어."

"터지라고 부는 거야. 미오, 너도 불어 봐. 펑 터질 때까지 부는 거야."

신이 난 동무들은 마구마구 숨을 불어넣었다. 펑! 펑! 나는 귀를 막았다.

"자, 공처럼 빵빵해졌지? 그럼, 개구리를 발밑에 내려놔."

나카무라가 시키는 대로 동무들은 발밑에다 개구리를 내려놓았다. 개구리는 도망가지 않았다. 도망갈 수 없었다.

"누가 먼저 저기까지 몰고 가는지 내기하는 거야. 빨리 가는 사람이 이기는 거야. 셋에 출발하기다. 하나, 둘, 셋!"

　나카무라 입에서 셋이라는 말이 떨어지기 무섭게 동무들은
발밑에 놓인 개구리를 공처럼 뻥뻥 찼다.

731부대

아버지는 엄마 병을 고치지 못하고 먼저 떠나보낸 걸 가슴 아파했다. 난 아픈 엄마를 보면서 의사가 되는 꿈을 키웠다. 의사가 되기 위해 열심히 공부한 덕분에 교토대학 최고의 엘리트가 되었다. 그러다 아버지의 가장 친한 벗이자 교토대 대선배인 이시이 시로 중장님으로부터 731부대에 대해 듣게 되었다. 교토대를 포함해 일본 대학의 우수한 의사 1,000여 명과 연구자들을 이용해 이른 시일 안에 전쟁을 끝내는 전략을 세우게 되었다며 나를 731부대 군의관으로 강력히 추천하였다. 나 역시 천황 폐하를 위해 내 능력을 바치는 기회를 얻게 되어 기뻤다. 의사로서도 최고로 영광스러운 일이기도 했다. 조금도 망설일 필요가 없었다. 그러나 곧 이곳 731부대로 온 것이 최악의 선택이었음을 알게 되었다.

이곳 731부대는 일제 관동군 산하 세균전 부대다. 이곳에서는 상상을 초월한 실험을 직접 할 수 있었다. 모로모토가 아닌 살아 있는 인간으로. 이들은 이름 대신 번호, 혹은 '마루타'라고 불렸다. 마루타는 '껍데기만 벗긴 통나무'라는 뜻이다. 생명이 있는 개구리보다 못한 존재였다. 이들은 암컷 마루타, 수컷 마루타, 새끼 마루타로 분류되었다.

731부대 입구에는 경비실이 있는데, 헌병대가 근무했다. 경비실을 지나 넓은 마당을 가로질러 건물 안으로 들어가면 무균실, 세균 폭탄 제조실, 독가스 제조실, 동상 실험실, 시체 소각로, 특설 감옥으로 나뉜다.

모두 17개 반으로 짜인 '생체 해부', '무기 실험', '세균전 실험' 그 밖의 실험으로 구성되어 있다. 2,600여 명 정도의 요원들은 주로 탄저균, 페스트균, 콜레라균 바이러스, 곤충, 동상, 혈청, 결핵, 세균 제조 등 20여 종류의 병원체를 중심으로 세균 병기 연구 개발에 종사하고 있다.

이곳에는 항상 200~300명 정도의 마루타가 보관되어 있어야 한다. 이들은 독방에 수용되거나 3~10명 정도가 같은 방에 수용되기도 한다. 이들 마루타는 관동군 헌병 사령부로부터 공급되었다. 대일본제국을 반대하는 자는 무조건 잡아들여 마루타로 사용하였다.

731부대가 살아 있는 사람을 실험하는 곳이란 걸 미리 알았다면 나는 어떤 선택을 했을까? 내과 의사인 아버지는 과연 이곳으로 나를 보냈을까? 어쨌든 변함없는 사실은 내가 이곳 731부대에 근무하게 되었다는 것이다. 엎질러진 물을 다시 담을 방법은 없었다. 그렇다면 이곳에서 내가 할 수 있는 일은 무엇일까? 그래, 이곳에서 어떤 일이 벌어지는지 두 눈으로 똑똑히 보자. 부딪쳐 보는 거야.

동상 실험

　오늘은 요시무라 반에서 동상 실험이 있었다. 동상 실험은 대개 동절기인 11월부터 3월 사이에 시행된다. 이곳 하얼빈의 겨울밤은 영하 40도까지 내려가는 게 아주 흔한 일이다. 떨어지는 콧물이 그대로 얼음이 되어 버린다.

　오늘은 하얼빈에 도착해서 지낸 날 중에서 가장 추운 밤이다. 펄펄 끓는 물이 든 얇은 자루를 온몸에다 넣었는데도 잠시 잠깐 손난로를 손에서 떼면 온몸이 덜덜 떨렸다.

　중요한 동상 실험은 밤에 이루어지므로 미리 자 두라는 명령이 있었지만, 쉽게 잠이 오지 않았다. 한밤중이 되자 머리가 무거웠다. 하지만 정신만은 말똥말똥했다. 12시를 알리는 시계 소리가 들렸다.

　"마루타들을 특별처치실로 끌고 와라."

　요시무라 의사의 명령이 떨어지자 우리는 동상 실험 대상 마루타를 데리러 암컷 마루타가 있는 방으로 갔다. 잔뜩 겁에 질린 암컷 마루타들이 자기네 아이들을 품에 안았다. 아이들은 답답한지 엄마 품을 벗어나려고 발버둥을 쳐 댔다.

"이번 실험은 동상 실험으로 새끼 마루타를 데려간다. 새끼 마루타들을 앞으로 내려놓아라."

아이를 품 밖으로 떼어 놓는 암컷 마루타는 아무도 없었다.

"셋 셀 때까지 새끼 마루타들을 내려놓아라."

암컷 마루타들은 아이를 더 힘껏 껴안았다.

"새끼 마루타들을 내려놓으라 했다. 내 말이 들리지 않나."

"이 추위에 우리 아이들을 내놓을 수 없어요. 차라리 저를 데려가세요."

한 암컷 마루타가 울부짖었다. 그러자 다른 암컷 마루타들도 자기를 데려가 달라며 울부짖었다. 암컷 마루타가 울자 아이들도 엄마, 엄마 하며 따라 울었다.

"너희 암컷 마루타들이 새끼 마루타들 대신 실험에 참여하겠다는 말이지?"

"그래요. 저희를 대신 실험하세요."

"좋다. 목숨을 내걸고 적극적으로 실험에 참여했다고 보고하겠다. 특별히 이 새끼 마루타들은 실험에서 제외하겠다. 그러니 서둘러 새끼 마루타들을 품에서 떼어 놓아라."

"감사합니다. 감사합니다."

암컷 마루타들이 아이들을 품에서 떼어 놓으며 연신 고개를 숙였다.

"엄마, 가지 마. 무서워."

"우리 아기, 엄마는 조금만 기다리면 올 거야. 알았지?"

"진짜 올 거지? 여기서 기다리면 엄마는 꼭 올 거지?"

"그럼! 우리 아기, 울지 말고 기다려야 해."

암컷 마루타들이 엮인 굴비마냥 줄줄 실험실로 따라 나갔다. 실험실로 들어서는 암컷 마루타들의 초점 잃은 눈동자들이 어지럽게 왔다 갔다 했다. 입에서는 하얀 입김이 연기처럼 쏟아졌다.

"옷을 벗어라."

"……."

"어서 벗어라."

요시무라의 명령에 마루타들이 눈치를 살피며 하나둘 옷을 벗었다. 이내 알몸이 되었다. 마루타들 몸에는 이내 좁쌀만 한 소름이 화르르 돋았다. 이들은 발작을 일으키듯 온몸을 바들바들 떨었다. 두꺼운 옷을 몇 겹 껴입은 것도 모자라 손난로까지 가지고 있는 우리도 이 부딪치는 소리를 내며 덜덜 떠는데, 이들은 알몸이었다.

"냉수를 뿌려라."

냉수가 암컷 마루타들 몸 위로 뿌려졌다.

"건물 밖으로 끌고 가라."

물벼락을 맞은 마루타들이 칼날 같은 바람이 불어 대는 건물 밖으로 나갔다.

밖으로 나오자 어찌나 추운지 내 몸도 저절로 꽈배기마냥 뒤틀렸다. 물벼락을 맞은 마루타들이 온몸을 비비고 비틀어 대며 팔짝팔짝 뛰었다. 그러더니 서로 엉겨 붙어 몸을 비벼 댔다.

"떨어져라. 죽고 싶지 않으면 떨어져라."

요시무라의 명령에도 암컷 마루타들은 서로 엉겨 붙어 떨어지질 않았다.

"떨어지지 않으면 지금 당장 너희 아이들을 데려오겠다. 당장 떨어져."

"……."

너무 추워 말을 못 하는 암컷 마루타들이 어지럽게 고개를
흔들었다.

"새끼 마루타를 데려와라!"

"아……."

"새끼 마루타를 데려와!"

암컷 마루타들이 떨어졌다.

"사사까, 가장 나중까지 살아남은 마루타의 피부를 벗겨 가
지고 와라. 견본을 만들어야 한다."

요시무라는 내 옆에 서 있던 의사에게 암컷 마루타들이 들
리지 않도록 나직한 목소리로 명령을 내렸다.

"앞줄 마루타들은 동상이 일어나면 다시 건물 안으로 끌고
와라. 그리고 나머지는 내일 아침까지 이렇게 세워 둔다. 만약
도망가는 자는 그 자리에서 죽여라."

요시무라는 이 말을 남기고 건물 안으로 들어갔다.

"왜 앞줄 마루타들은 다시 데려가지요?"

"치료하기 위해서다."

"치료요?"

"이 작업을 하는 이유가 뭐겠나, 동상을 치료하는 약을 개발하기 위해서지."

내 옆에 서 있던 사사까가 친절하게 대답해 주었다.

그렇게 몇 시간이 지나자 얼어버린 마루타의 팔이 툭툭 소리를 내며 부러졌다. 다음 날 아침, 동상 실험의 재료가 되었던 암컷 마루타 중 살아남은 자는 한 명도 없었다.

이시이 시로 중장

"미오, 얼굴빛이 좋지 않구나. 어디 아프니?"

"괜찮습니다."

"미오, 넌 대일본제국의 귀중한 인재란 걸 잊으면 안 된다."

"알겠습니다."

"혹시, 위안부들이 온다는 얘기를 들었니?"

이시이 시로 중장 얼굴에 비친 야릇한 웃음을 보며 미오는 고개를 끄덕였다. 며칠 전부터 위안부들이 온다는 소문에 부대는 명절을 맞는 듯 들썩였다. 근처 부대들도 마찬가지였다.

"우리의 사기를 채워 전쟁을 승리로 이끌기 위한 천황 폐하의 특별한 은혜이시다."

"그렇게까지 하지 않아도 된다고 생각합니다."

"미오 유타카!"

이시이 시로 중장의 새된 소리에 놀란 미오가 고개를 들자, 이시이 시로 중장의 부릅뜬 눈이 미오를 노려보고 있었다. 아차 싶었지만 뱉은 말을 주워 담기엔 너무 늦어 버렸다. 천황 폐하 직속으로 731부대는 세워졌고, 이 부대의 총사령관이 이시이 시로란 걸 깜박하고 말았다.

한마디로 이시이 시로 중장은 천황 폐하의 신임을 한 몸에 받고 있고, 천황 폐하를 위해서는 불 속으로도 뛰어들 사람인데, 그 앞에서 천황 폐하의 잘못을 지적하다니……. 이시이 시로 중장의 살기 어린 표정에 '이 일은 대일본제국의 수치'라는 말은 침과 함께 꿀꺽 삼켜 버렸다.

이시이 시로 중장이 천황 폐하의 눈에 띄게 된 건 그의 화려한 경력만큼이나 강한 야심 때문이었을 것이다. 아버지에게 들은 이시이 시로 중장의 과거는 참으로 화려했다. 교토 제국대학 의학부 전체 수석을 차지할 정도의 천재적인 머리를 가진 그는 2년 간의 해외 유학에서도 제일 차 세계 대전의 화학 무기, 세균 투하에 대한 연구에 쏟은 열정을 인정받아, 아라키 사다오 육군 대신의 후원을 받았다. 그 보답으로 소형 정수기 개발이라는 혁혁한 공을 세웠다.

중국은 물 사정이 극도로 열악했다. 이곳에서의 전쟁은 총과 칼보다 더러운 물이 더 무서운 존재였다. 더러운 물 때문에 군인들이 병에 걸려 싸울 수 없다는 건 대일본제국의 치욕이었다. 그래서 '관동군 방역급수부'라는 전문 부대를 파견할 정도였다. 방역급수부는 말 그대로 전염병이 퍼지지 않도록 예방하는 방역과 필요한 물을 지급하는 일을 하는 부대이다. 이 '관동군 방역급수부'가 바로 '731부대'의 시발점이었다. 이시이 시로 중장이 소형 정수기의 성능을 검증해 보이기 위해 여러 장군 앞에서 물에다 오줌을 누고, 정수하여 그 물을 마신 이야기는 영웅담이 되어 부대원들 입에 자주 오르내렸다.

"미오야, 너 지금 천황 폐하의 은혜가 잘못되었다고 얘기한 거냐? 그런 말을 함부로 하다니, 다른 사람 앞에서는 절대 하면 안 된다. 알겠니?"

"하이(예)! 제 잘못을 용서해 주십시오."

"미오야, 네가 나를 아버지처럼 생각해서 속말을 한 줄 안다. 나도 널 내 아들처럼 생각하고 있어. 하지만 앞으로는 네가 천황 폐하를 욕보이는 일 따위는 절대 하지 않기를 바란다."

"잘 알겠습니다."

"731부대에 온 게 탁월한 선택이란 걸 곧 알게 될 거다. 많이 배워 두어라. 훌륭한 의사가 되기 위해 여기보다 더 좋은 환경은 없을 테니까."

"감사합니다."

"이제 도기 폭탄 제작이 마무리 단계에 와 있다. 이 자료를 검토해 보겠니?"

"제가 감히 어떻게……."

"교토대 최고 엘리트이자 내 아들이라면 자격이 충분하다."

"부족하지만 최선을 다하겠습니다."

"그렇지. 으하하……."

방에서 나오며 몸에 달라붙은 이시이 시로 중장의 흔적을 털어 냈다.

731부대가 이시이 시로 중장의 제안으로 만들어졌고, 본토에서 천황 폐하가 거는 기대가 크다는 것도 알고 있었다. 이시이 시로 중장이 말하는 세균 도기 폭탄이 성공한다면 그 위력은 상상을 초월할 것이다. 총이나 폭탄, 대포보다 비용 측면에서도 훨씬 적게 들 테고, 적은 인력으로 쉽게 적을 물리칠 수 있는

지상 최고의 무기가 될 것이다. 세계 인구 중 전쟁으로 죽어 간 사람보다 전염병과 같은 병균에 감염되어 죽어 간 수가 더 많 다는 것도 이를 뒷받침한다.

어떻게 이런 발상을 할 수 있을까? 인간의 잔인함과 폭력의 끝은 어디일까. 아버지가 큰아버지인 아라키 사다오 육군 대신 에게 이시이 시로 중장을 소개하지 않았고, 후원을 받지 못했 다면 어떻게 되었을까?

마취 장난

"왜 주삿바늘을 소독하지 않고 요추 신경에다 마취합니까?"

나는 하얀 마스크 때문에 얼굴이 거의 보이지 않는 선배 의사 다베에게 물었다. 다베는 외과 의사가 아니었다. 아마 안과나 소아과 쪽 의사일 것이다. 이곳은 외과 의사가 턱없이 부족해 다베 같은 의사도 외과 일을 봐야 했다.

"미오, 지금 무슨 소리 하는 거냐."

"방금 선생님께서 쓰다 버린 주삿바늘로 마루타의 요추 신경에 마취했습니다."

"이봐, 너 혹시 어떻게 된 거 아냐?"

나는 무슨 뜻인지 몰라 주위를 둘러보았다. 다른 의사들이 어이없다는 표정을 짓거나 실실 웃으며 나를 바라보았다. 그중 한 의사가 내 옆으로 다가와 어깨를 툭툭 치며 설명했다.

"온 지 얼마 안 된 모양이군. 초보 냄새가 풀풀 나는걸."

"온 지 일주일 됐습니다."

"잘 들어. 우린 지금 마루타에게 정식 마취를 시키는 게 아니고 마루타를 죽이는 거다. 그러니 아까운 새 주삿바늘을 사용할 필요가 없다는 뜻이다. 이들은 우리의 실험이 끝나면 시체 소각장으로 간다."

그는 실험대 위에 누워 있는 마루타들에게 들으라는 듯 큰소리로 말했다. 커질 대로 커진 마루타들의 눈알은 당장에라도 툭 튀어나올 듯했고, 새까만 눈동자가 정신없이 왔다 갔다 했다. 이미 요추 신경에 마취를 당한 마루타는 정신을 잃은 채 꼼짝하지 않았다. 마취에서 깨어난다 해도 그는 실험대를 걸어 나가지 못하리라. 시체 소각장으로 끌려가 불태워질 테니까.

"몇 분 만에 마취가 되었는지 체크해."

선배 의사 다베가 명령을 내렸다.

"우리 부대는 천왕 폐하의 각별한 관심 속에 세워진 부대다. 731부대 밖에 있는 일본 군인조차도 우리 부대에 대해서 정확히 알지 못한다. 모든 일에 있어 실수란 있을 수 없다. 실수했을 땐 천왕 폐하를 위해 스스로 목숨을 끊어야 한다. 알겠나."

"예."

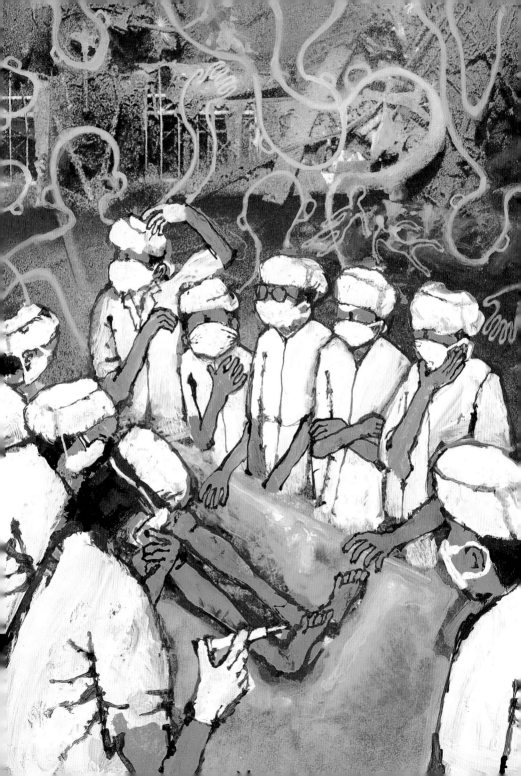

"너희도 1941년 봄 후난 성에서 있었던 어이없는 실수에 대해 들어서 알고 있을 것이다. 우리 부대의 총 책임을 맡은 이시이 시로 중장님은 세균전을 위해 최첨단 무기를 만들고 있다. 그날을 위해 우리 의사들 역시 최선을 다해야 한다."

다베의 목에 핏대가 섰다. 실험대 위에 누워 있는 마루타들은 마치 꽝꽝 얼어 버린 얼음덩이처럼 숨을 죽였다.

내 어깨를 툭툭 쳐 준 의사에게 후난 성에 대한 이야기를 물었다. 1941년 봄, 후난 성 한 마을에 페스트 벼룩을 공중에서 살포하였다. 그 결과, 중국인 400여 명을 죽일 수 있었다. 그런데 문제는 일본군의 경험 부족으로 그만 1개 사단 병력이 감염되어 군인들이 대부분 죽었다. 이 사실이 보고되어 책임자들에게 그에 따르는 호된 비판과 벌이 주어졌다.

이에 앞서 1940년 10월 27일에는 난징의 1644 세균전 부대와 함께 중국 닝보에 페스트균을 대량 살포하여 100명 이상을 죽였다는 말까지 덧붙여 말해 주었다. 그러더니 대일본제국의 승리를 위해서 세균전은 절대적으로 필요한 거라며 힘주어 말했다. 지금 이시이 시로 중장님이 세균전에 대비해 특별 무기를 제작 중이라며 귓속말로 속삭였다. 적은 비용으로 중국 인구를 대량 살상시킬 수 있는 가장 효과적인 병기라는 거였다.

"세균전에 대비해서 감염을 막는 치료 약을 발견해 내는 게 우리의 임무란 걸 잊지 말게."

선배 의사는 뭔가 중요한 자료를 넘겨주기라도 한 것 같은 얼굴로 나를 바라보며 웃었다. 그것이 바로 세균 도기 폭탄이라는 걸 알고 있었지만 모른 척했다. 이시이 시로 중장에게 특별 대우를 받는다는 소리를 듣고 싶지 않았다.

다베 님 만세

　우리가 주고받는 말을 잠자코 듣고만 있던 중국인 마루타가
갑자기 울부짖었다.

　"살려 주세요."

　중국인 마루타는 두 손을 싹싹 빌며 애원했다. 그러자 다른
마루타들도 살려 달라고 아우성을 쳤다.

　"살려 주세요."

　"살려 주세요."

　"너희 몸속에는 지금 페스트균이 득실거리고 있어. 난 너희
의 목숨을 살릴 수도 죽일 수도 있다. 너희 목숨은 바로 내 손
안에 있다는 말이다. 으하하!"

　"살려만 주세요."

　"살려 달라……. 좋다, 너만은 내가 특별히 살려 주지. 네 목
숨을 살려 준 나, 다베 님에게 언제나 감사해라. 으하하!"

　"다베 님 만세, 다베 님 만세."

중국인 마루타가 두 손을 번쩍 치켜들고 만세를 외쳤다. 다른 마루타들도 '다베 님 만세'를 외치며 두 손을 추어올렸다.

"그럼, 이 착한 마루타에게 치료 약을 놓아 줘야지."

옆에 있던 의사가 소독하지 않은 주삿바늘로 중국인 마루타의 요추 신경을 찔렀다.

"아악……."

마루타는 외마디 비명을 지르더니 이내 축 늘어져 꼼짝하지 않았다.

"위대하고 위대하신 다베 님, 저에게도 당신의 자비를 베풀어 주십시오."

"다베 님, 제 목숨도 제발 구해 주십시오."

"제 목숨은 다베 님 것입니다. 다베 님을 위해 살겠습니다. 다베 님……."

마루타들이 다베를 향해 애원했다.

"모두 살고 싶은가?"

"예, 살고 싶어요. 제발 저희를 살려 주세요."

"그럼, 이렇게 외쳐라. 우리의 생명을 다스리는 다베 님 만세!

으하하."

"우리의 생명을 다스리는 다베 님 만세!"

"우리의 생명을 다스리는 다베 님 만세!"

마루타들이 소리를 질렀다. 다베와 다른 의사들은 만족스러
운 듯 큰 소리로 웃었다.

"그럼, 모두에게 치료 약을 놔 줘야겠군."

"정말 치료 약을 놓는 겁니까?"

내 질문에 다베와 다른 의사들이 낄낄거릴 뿐 대답하지 않
았다. 나는 무슨 영문인지 몰라 멀뚱멀뚱 다베를 쳐다보았다.

"몇 번을 말해야 알겠나. 우린 마루타를 살리려는 게 아니라
죽이려는 거다. 마취 시작."

"이 천벌 받을 놈들아!"

다베의 명령이 떨어짐과 동시에 들린 비명과도 같은 말이었다.

"누구냐!"

"내가 그랬다. 이 짐승만도 못한 놈들아. 너희가 이렇게 사람
의 생명을 가지고 장난을 치고도 하늘이 두렵지 않은가!"

"당장 죽여라."

"죽일 테면 죽여라. 난 너희가 하나도 두렵지 않다."

수컷 마루타의 입가에 미소가 스쳤다. 내가 잘못 본 걸까? 좀 더 자세히 수컷 마루타의 얼굴을 살폈다.

"대한독립 만세!"

"대한독립 만세!"

"당장 저놈부터 마취해!"

수컷 마루타의 입술이 이내 움직이지 않았다. 꼭 감긴 그의 눈과 얼굴은 편안한 잠을 자는 것 같았다. 죽음을 눈앞에 둔 사람 같지 않았다. 그는 죽기 전 웃은 게 분명했다.

"모두 다 마취를 시켜라."

다베의 명령에 실험대 위에 누워 있던 마루타에게 마취 주사가 놓였다. 공포에 짓눌린 그들의 눈동자가 서서히 감겼다.

"미오, 잘 들어라. 마루타는 사람이 아니다. 실험 재료일 뿐이다. 알겠나?"

"……."

"선배 의사에게 더 많은 것을 배우도록 해라. 이시로 중장님께서 너의 총명함을 특별히 칭찬하셨다."

다베의 명령에 나는 다른 의사들을 따라 밖으로 나왔다. 자꾸 수컷 마루타 얼굴이 아른거렸다. 그는 웃고 있었어. 웃고 있었다고. 어떻게 웃을 수 있지. 어떻게······.

내가 도착한 곳은 건물 뒤쪽에 마련된 구덩이였다. 시체 소각장이다. 의사들이 숨이 붙어 있는 마루타를 구덩이에 내던지고 있었다.

"잠깐, 기다려 봐."

선배 의사가 다른 의사에게 명령을 내렸다. 여전히 숨이 붙어 있던 마루타들은 거친 숨을 헐떡거렸다. 선배 의사가 주머니에서 주사기를 꺼냈다. 그러더니 심장에다 공기를 주사해 넣었다.

"미오, 목을 졸라라."

"······."

"내 말이 안 들려? 어서 목을 조르라니까!"

머뭇거리는 나를 향해 선배 의사는 신경질적으로 말했다. 다른 의사들은 마루타들의 목을 조르기 시작했다. 그들은 괴로워하는 마루타들을 보며 깔깔거렸다.

'이들은 개구리가 아니에요. 사람이에요. 살아 있는 우리와 똑같은 사람이라고요.'

하지만 이 말이 입 밖으로 나오지 않았다. 아니, 할 수 없었다.

"존경하는 선생님, 그들에게 마취를 좀 더 세게 하면 쉽게 죽을 겁니다."

머뭇거리는 나를 살려 준 건 나이 많은 마사오 중위였다. 마사오 중위가 나를 향해 눈을 찡긋했다. 나는 마취실로 잽싸게 달려가 마취약이 가득 든 더러운 주삿바늘을 가지고 돌아왔다. 목이 졸려 고통스럽게 죽는 것보다 차라리 주사 한 방에 죽는 편이 이들에게 더 낫겠지.

난 닥치는 대로 주삿바늘을 찔러 댔다. 그러고는 그들을 구덩이에 내던졌다. 마루타들은 이제 곧 불태워질 것이다. 여기서 나온 뼛조각은 '골 총'이라 불리는 구덩이에 버려졌다. 굴뚝에서 나온 연기는 마루타들을 태운 연기였다. 매일 한 차례 굴뚝에서 뿜어 나오는 시커먼 연기 냄새는 언제나 헛구역질을 하게 만들었다. 바람이 부는 날이면 검은 연기가 사방으로 흩어졌다. 하늘을 가려 버린 검은 연기는 세상을 컴컴하게 만들어 마

치 천 년 묵은 귀신이라도 튀어나올 듯한 서늘한 기운을 퍼트
렸다. 그뿐만 아니라 연기 냄새를 맡으면 머리가 빠개지듯 아프
고 몸살이 난 듯 팔다리가 쑤셨다.

사람을 살리기 위해 의사가 되려 했는데, 지금 난 산 사람을
죽이는 의사가 되었다. 나는, 나는……

위안부 소녀, 이찌에

"왜 나한테 이런 걸 주죠? 난 거지가 아니에요."

"여기가 어떤 곳인지 모르는가?"

"내가 일할 곳이에요."

엉뚱한 대답을 하는 조선인 위안부를 보자 정신이 번쩍 들었다. 내 눈을 똑바로 바라보고 있는 이 조선인 위안부, 이곳이 어떤 곳인지, 뭘 하는 곳인지 전혀 모른 채 강제로 끌려온 모양이었다.

731부대는 깊이를 알 수 없는 늪과 같다. 스스로 점점 악마가 돼 가고 있는 걸 알면서도 빠져나올 수 없는 늪. 오늘 내 손으로 사람을 죽였다. 그것도 셀 수 없을 만큼. 그래서 마시지도 못하는 술을 마셨고, 누군가에 이끌려 이곳 위안소까지 오게 되었다. 더 깊은 늪으로 빠져 버렸다.

"나가 주세요. 제발 나가 주세요. 으흐흐흑……."

"아무 짓도 하지 않을 테니 여기 와서 앉아."

"……."

"내가 여기서 나가면 넌 다른 위안부들처럼 될 거야. 그러니 여기 와서 내 애길 들어. 오기 싫으면 거기서 들어도 좋고."

나는 침대로 가 앉았다. 눈을 감자 오늘 있었던 일이 눈앞에 펼쳐지는 듯 생생하게 떠올랐다. 구역질이 났다. 마루타의 고통을 덜어 주기 위해 마취 주사를 마구 찔러 대던 두 손이 덜덜 떨렸다.

"내가 이 손으로 살아 있는 사람을 죽였어."

"……."

"이 손이 말이야, 어떤 손인 줄 알아? 두 눈 똑바로 뜨고 살려 달라고 외치는 사람을 죽였어. 오늘 처음으로, 태어나서 처음으로 살아 있는 사람을 죽였어. 이 손으로……. 나, 미오 유타카가 사람을 죽였다고……."

두 손으로 감싸 쥔 머리를 침대 위에다 박았다. 나도 모르게 눈물이 터져 나왔다. 동료들은 조금씩 미쳐 가고 있었다. 나 역시 이들처럼 미쳐 가고 있다.

"난 죽일 마음이 전혀 없었어. 명령에 따랐을 뿐이야. 명령

알지? 거기 서."

조선인 위안부가 문을 열고 도망쳤다. 뒤따라 나가는데 방마다 위안부들이 지르는 비명이 터져 나왔다. 내가 무슨 짓을 하려던 거지? 군인들의 사기를 높이기 위해 끌려온 여자들. 도망치던 조선인 위안부 이찌에가 군홧발에 차이고 있었다.

"들어가시죠. 이제는 절대 도망치지 않을 겁니다. 처음이라……."

"이걸 줄 테니 그 아이를 때리지 말아요."

"이렇게 많은 돈은……."

"그리고 오늘만큼은 이 아이를 쉬게 해 줘요."

"감사합니다. 감사합니다."

다나카가 연신 허리를 굽히며 인사했다. 나는 서둘러 위안소를 빠져나왔다.

세균 도기 폭탄

　도기 폭탄은 길쭉한 병 모양과 길쭉한 타원형 모양 두 가지 형태로 만들어져 있었다. 폭탄 재료를 도기로 만든 이유는 폭탄이 터져서 퍼질 때 열 생김을 막기 위해서였다. 살아 있는 병균을 골고루 잘 퍼트려야 하는 게 최대 관건이기 때문이다.

　"미오야, 이게 뭔지 맞혀 보아라."

　이시이 시로 중장이 폭탄 뚜껑을 열고 내부를 보여 주었다.

　"털입니다."

　"무슨 털인지 알겠니?"

　"손으로 만져 봐도 되겠습니까?"

　"물론이다."

　나는 털을 엄지와 검지로 살살 만졌다.

　"양털 같은데요."

　"그렇지."

　"그럼, 양털을 거기다 붙인 이유가 뭔 줄 알겠니?"

"혹시……. 세균을 넓은 지역에 퍼뜨리기 위한 것 아닙니까?"

"으하하……."

"……."

"과연 교토 최고의 엘리트답군. 맞다."

이시이 시로 중장은 내 대답에 크게 만족해했다.

"이제, 마지막 단계만 남았다. 실험이 성공적으로 끝나면 731부대는 철수다. 그동안 우리가 흘린 땀의 결실을 드디어 보게 되는구나."

"전쟁이 곧 끝난다는 말씀입니까?"

"그래. 이 세균 도기 폭탄 실험이 성공하면 기나긴 전쟁의 승리는 대일본제국의 것이 된다."

"승리는 우리에게 무얼 가져다줍니까?"

"돈과 권력과 명예다."

이시이 시로 중장의 입에서는 마치 기다렸다는 듯 대답이 나왔다.

"돈과 권력과 명예는 사람을 가장 사람답게 만들거든. 으하하하!"

"전쟁터에서 죽어간 사람들은요?"

"국가를 위해 자신의 목숨을 바치는 일은 당연한 일이다."

"국가는 자신의 목숨까지 바칠 만한 가치가 있는 걸까요?"

"있고말고. 내가 너에게 준 자료는 아주 귀중한 자료다. 세균 도기 폭탄 만드는 과정은 특별히 너에게만 알려 주는 것이니, 이걸 토대로 넌 더 위대한 걸 만들도록 하거라. 국가를 위해서 말이다. 으하하……"

이시이 시로 중장은 자신이 내뱉은 말들이 만족스러운지 유쾌하게 웃었다.

"잘 알겠습니다. 중장님, '생체 해부'와 '무기 실험', '세균전 실험'에 관한 구체적인 자료도 보고 싶습니다."

"역시 교토 대학 최고의 엘리트답구나."

"감히 교토 대학 의학부를 수석으로 졸업하신 중장님과 비교할 수 있겠습니까."

마음에도 없는 말을 자연스럽게 하는 내 모습이 놀라웠다.

"특별히 너에게만 보여 주는 자료이니 잘 간직하도록 해야 한다. 너와 나 둘만 아는 기밀문서다."

"감사합니다."

나는 자리에서 벌떡 일어나 허리가 굽을 수 있는 곳까지 깊숙이 고개를 숙였다. 이시이 시로 중장이 웃음 가득한 얼굴로 바라보았다. 악마는 무서운 얼굴로 우리 곁에 오는 게 아니라 세상에서 가장 선한 얼굴로 온다.

거래

내가 들어온 것도 모르는 듯 이찌에라는 조선인 위안부는 두 눈을 감은 채 침대 위에 누워 있었다.

"그날은 내가 잘못했어."

"……."

"너무 괴로워 술을 마셨어. 그 바람에 그만……."

무릎을 꿇고 진심으로 이찌에에게 용서를 빌었다. 첫날의 당돌함 대신 절망으로 가득 찬 이찌에의 얼굴은 며칠 전 임신 9개월로 접어든 중국인 암컷 마루타 얼굴을 떠오르게 했다. 아기만은 살려 달라던 암컷 마루타의 간절한 목소리가 귓가에 맴돌았다.

"이찌에, 너에게 부탁이 있어 왔어."

이찌에가 감았던 눈을 떴다가 이내 감더니, 말을 했다.

"제 부탁 먼저 들어주면 들어드릴게요."

"뭐든지."

"집으로 보내 줘요."

"집으로…… 보내 줄게."

"정말인가요?"

이찌에가 발딱 일어나 앉았다. 나도 외투 속에서 공책을 꺼냈다.

"이걸 숨겨 줘."

"여긴 군인들이 드나드는 곳이에요."

"그래도 여기가 가장 안전해."

"이렇게 중요한 걸 왜 나한테 맡기는 거죠?"

"아주 잠깐이면 돼. 이 공책의 주인을 찾을 때까지만."

이상했다. 뒤엉킨 실타래가 한 뼘 정도 풀리는 기분이 들었다.

"내가 집으로 가려면 800원이 필요해요. 이 공책이 800원의 값어치는 나가겠죠?"

이찌에의 당돌한 물음이 신선하게 들렸다.

"훨씬 비쌀걸."

"거짓말……."

"이찌에, 이시이 시로 중장 이름으로 된 약속 증명서와 통행증도 받아 줄 수 있어. 이시이 시로 중장이 발행한 증명서와 통행증만 있으면 넌 어디든지 갈 수 있지. 안타깝게도 중장님은 며칠 전에 본토로 가서서 지금 당장은 써 줄 수 없지만, 돌아오는 대로 중장님의 도장과 친필을 받아서 약속 증명서를 써 줄게. 내 말 못 믿겠으면 미리 400원을 주지."

얼른 이찌에 앞으로 400원을 내밀었다. 이찌에의 동그란 눈이 놀란 듯 나를 바라보았다. 그러더니 당돌하게 물었다.

"혹시 731부대 얘긴가요?"

"……."

"술 취한 군인들이 말하는 걸 들었어요."

"지금 내가 하고 있는 일을 자세히 적어 놓은 거야."

"생체 실험 말인가요?"

하마터면 고개를 끄덕일 뻔했다.

"아주 중요한 자료야. 다른 나라로 갈 거거든."

"다른 나라? 어디로요?"

"그것까지 말하고 싶지 않아."

"비밀이 너무 많아요. 절 집으로 보내 주겠다는 말은 믿어도 되지요?"

나는 고개를 끄덕였다.

"여기요."

이찌에가 침대 밑 마룻바닥을 가리키더니 오래된 바닥의 나무 조각을 들어올렸다. 손바닥 한 뼘 정도 높이로 공간이 꽤 넓었다.

"안성맞춤이군."

"절 믿으세요?"

"믿어."

이찌에가 배시시 웃었다.

자료의 무게 값

어제 저녁 주사 실험에 대한 실험 발표가 있었다.

"사람의 정맥에 5cc의 공기를 주입하면 사람이 죽고, 사람의 몸에 말 피 500ml를 주사하면 사람이 죽고, 사람의 몸에 청산 화학물 독약 20cc를 주사하면 주사기를 뽑아 1초도 못 되어 죽습니다. 쥐나 소, 말보다 사람에게 하는 것만큼 정확한 실험 은 없다고 봅니다."

돌아가면서 죽은 사람의 팔뚝을 구경했는데 모두 만족스럽 게 웃었다. 그 웃음이 데이비드의 웃음과 닮았다고 생각하니 온몸에 소름이 돋았다. 데이비드는 미국인이지만 국적은 소련 이다. 오늘 하얼빈의 중앙대가에서 만날 때 공책을 가져오라던 데이비드에게 에둘러 말하길 잘했다는 생각이 들었다.

"얼마면 돼? 필요한 만큼 말해."

"뭘 말하라는 거지……."

"자료 무게보다 훨씬 많은 돈을 줄 테니 말해 보라고."

데이비드가 웃으며 물었다. 하마터면 들고 있던 찻잔을 놓칠 뻔했다. 도둑질을 하다 들킨 것처럼 식은땀이 흘렀다. 이찌에가 이 말을 알아듣진 못했겠지.

"이찌에, 정원에 나가 있어."

이찌에가 거실을 나갔다.

"돈 말이야?"

"귀중한 자료이니 그만큼의 사례를 하는 건 당연하지."

"돈을 받을 목적이었다면 자료를 넘기지 않았을 거야."

"그게 무슨 뜻이야? 다른 목적이 있단 말인가?"

"세계 평화를 위해서야."

"으하하…… 그, 그게 전부야? 장난이지?"

데이비드가 배를 잡고 웃었다.

"생체 실험, 세균전의 폭력성을 알려 줘. 이건 아니야. 나라가 다르다는 이유로 인간이 어떻게 인간에게 이럴 수 있어. 이건 아니잖아, 데이비드 자네라면 가능하지 않을까……"

"순수한 건가? 아니면 날 떠보는 건가?"

"자넬 믿는 거야."

"알겠어. 마사오 중위를 내세워 슬쩍 빠지겠다는 거군. 자네가 나보다 한 수 위야. 나와 마사오 중위가 알아서 처리할게. 다음번에 만날 땐 자료를 넘겨줄 거지? 으하하하하…… 모처럼 유쾌하게 웃었는걸."

데이비드는 여전히 웃음기 가득한 얼굴로 나를 바라보며 손을 내밀었다. 나는 떨리는 손으로 데이비드의 손을 잡았다.

긴 하루

    이찌에를 데려오길 잘했다. 바람결에 흩날리는 이찌에의 머리카락을 보며 이찌에는 바람 같은 아이라는 생각이 들었다. 두 눈을 꼭 감은 채 양팔을 벌린 이찌에의 얼굴 위로 내려앉은 햇살이 눈부셨다. 이찌에도 눈부셨다. 이런 아이에게 우린 무슨 짓을 하고 있는 거지…….

    하얼빈의 중앙대가가 처음이라는 이찌에는 어린아이마냥 즐거워했다. 데이비드를 만나기로 한 기름집으로 들어가기 전에 이찌에에게 지갑을 맡겼다. 필요한 것을 사도 된다는 말도 해 두었다. 지갑 속에는 이찌에가 집으로 돌아가고도 남을 만큼 충분한 돈을 넣어 두었다. 데이비드와 의견만 맞으면 오늘 밤에라도 당장 자료를 넘기면 되니, 이찌에가 떠나도 문제될 건 없었다. 그동안 데이비드와 충분한 의견을 주고받았기 때문에 쉽게 결정지을 거라 생각했는데, 예상은 완전히 빗나가고 말았다.

    "날 여기다 내버려 두고 가 버린 줄 알고 깜짝 놀랐어요."

“멀리 가 버릴 줄 알았는데…….”

“진심이에요? 이건 어쩌고요.”

이찌에가 들고 있던 지갑을 내 앞으로 내밀었다. 순간, 이찌에에게 공책을 맡기길 잘했다는 생각이 들었다. 데이비드와 헤어진 뒤 돌아오는 길에 이찌에가 달아나지 않아 얼마나 다행인가 싶었다.

“미오, 뭐 하나 물어봐도 돼요?”

“뭐든지.”

“살아 있는 사람을 죽였다는 말이 무슨 뜻이에요?”

이찌에는 오래전 술김에 했던 말을 기억하고 있었다.

“잊어버려.”

“처음 이리로 온 날, 뼈만 남은 사람들이 어딘가로 가는 걸 봤어요. 그 사람들은 뭐하는 사람들인가요? 굴뚝에서 나오는 연기는 꼭 머리카락 태우는 냄새 같기도 했어요. 아는 언니 말로는 731부대에서는 의사들이 통나무를 가지고 뭔가를 실험하는 곳이라던데요? 미오도 의사니까 통나무로 실험을 하나요?”

“그런 건 몰라도 돼.”

"사실 미오가 말해 주지 않아도 통나무가 살아 있는 사람이란 건 알고 있어요. 뼈만 남은 사람들이 바로 그 통나무들이었다는 것도요."

군인들 사이에 떠도는 이야기를 위안부들이 모를 거란 생각은 그렇게 되기를 바라는 내 착각이었다. 아니면 몰랐으면 하는 내 마음인지도 모르겠다.

"사람이 물만 먹으면 얼마나 사는지 아니?"

"몰라요."

"60일에서 70일쯤 살아."

"이런 것도 살아 있는 사람을 대상으로 직접 실험해서 얻은 자료인가요?"

"그래. 아주 나쁘지."

불퉁스런 목소리 때문인지 확 피로가 몰려왔다. 물을 주지 않고 빵만 먹은 사람은 6~7일째가 되면 퉁퉁 부은 채 피를 토하며 죽게 된다. 이런 사실을 얻기 위해 살아 있는 사람을 직접 실험 대상으로 사용하는데, 이들이 바로 마루타이며, 대부분 중국인들이라고 알려 주었다. 그중에는 십여 명의 조선인도 있다는 사실과 본토와 경성에서도 새로운 약 개발을 위해 비밀리에 생체 실험이 이루어지고 있다는 얘기는 하지 않았다. 충격적이었는지 이찌에가 두 손을 가슴에 얹고 지그시 눌렀다.

"미오, 왜 남의 땅에서 남의 나라 사람을 대상으로 실험하는 거죠? 너무 잔인하고 끔찍해요."

"이찌에, 이 일은 전 세계 의학계에 상상할 수 없는 발전을 가져올 거야. 전 세계 의학계에 가공할 만한 발전을 가져온다면 몇 사람의 희생쯤이야 괜찮은 거 아닐까? 이들은 마루타가 아니어도 정치범으로 총살당해 죽게 되든지, 아니면 전쟁터에서 죽게 될 운명이니까. 가치 없이 죽는 것보다 마루타로 죽는 게 이들에겐 더 큰 영광이지 않을까?"

"미오, 어떤 이유로든 사람이 사람을 죽이는 건 옳지 않아요. 전쟁도 그렇고, 생체 실험은 아주 나빠요."

"세계 평화와 인류의 발전을 위한 일이야. 이 일이 인간의 삶을 풍요롭게 해 주리라 확신해."

"미오, 두 손을 가슴에 이렇게 얹고 양심이 하는 소리를 들어 보세요."

이찌에는 다시 두 손을 가슴에 얹고 지그시 눌렀다.

"마루타도 사람이에요."

"난 시키는 대로 했을……."

얼른 아랫입술을 깨물었다.

오래전, 개구리 엉덩이에 보리 대궁을 꽂아 공기를 불어넣었던 그날도 나는 하고 싶지 않았다. 나카무라가 얼굴을 찌푸리며 재촉하는 바람에 터질 듯 커진 개구리를 공처럼 찼다. 집까지 개구리 공을 차고 온 나를 보고 엄마는 눈물이 쏙 빠지도록 혼을 냈다. 그 대가는 가혹했다. 엄마를 영영 볼 수 없게 되었으니…….

이찌에의 얼굴이 일그러졌다.

아돌프 아이히만의 죄

침대에 누웠지만 잠이 오지 않았다. 데이비드를 쉽게 믿어 버린 게 잘못이었다. 마사오 중위가 소개한 소련 국적을 가진 미국인이라 긴장감을 놓은 게 문제였다. 중국어와 러시아어까지 능통한 녀석은 한참을 올려다봐야 하는 훤칠한 키에 조각 같은 외모로 첫 만남부터 나를 압도시켰다. 그 이후 마사오 중위와 함께 중앙대가에서 자연스럽게 몇 번 만났을 때도 마음이 편안했다.

한 번은 마사오 중위 없이 만난 자리에서 녀석은 독일 나치당의 아돌프 아이히만을 아냐고 물었다. 내가 고개를 끄덕이자, 얼굴에 웃음을 비친 녀석이 헛기침을 몇 번 하더니 말을 이었다.

"독일 나치당이 패망했으니, 많은 사람이 재판정에 서게 될 거야. 아이히만 역시 재판정에 서겠지."

"죄목은?"

"전범(전쟁 범죄)."

"그게 가능할까? 아이히만에게 무슨 죄가 있다고……."

나는 고개를 갸웃거리며 물었다.

"600만 명의 홀로코스트들을 잔혹하리만큼 성실하게 죽인 죄겠지."

"그는 명령에 따랐을 뿐이야. 그게 재판정에 세워질 만한 죄라면 독일인 모두 재판정에 세워져야 하겠지."

"상부의 명령이 생명보다 앞선다는 말이군."

"상부의 명령을 따르지 않으면 내가 죽을 수 있다는 말이야."

"그럴 수도 있겠군. 그러나 아이히만은 자신의 악행에 대한 윤리적 문제를 의식하지 못했어. 다시 말해 아이히만은 자신의 행동은 상부에서 시킨 일을 철저하게 수행한 것일 뿐이라는 의식 속에서 자신의 윤리적 문제를 생각하지 않았다는 거지."

"윤리적 문제라면?"

곧 데이비드의 대답이 이어졌다.

"아이히만의 죄는 남의 입장에서 생각해 보지 않았다는 거야. 상부의 지시에 따랐다는 건, 결국 나의 안전과 이익을 위해 이웃은 어떻게 되든 말든 신경 쓰지 않겠다는 거거든."

"그런데 갑자기 왜 이런 말을 나에게 하는 거지?"

"음… 너희 일본이… 그러니까… 전쟁터에 위안부를 데려온다는 발상 자체가… 음… 뭐 그렇다는 거야."

"나도 자네 의견에 찬성이니까 계속해 봐."

"일본인이면서 내 생각에 찬성한다고?"

"말해 봐."

"음……. 위안부는 국가의 이름으로 휘두르는 성폭력이란 게 내 생각이야. 731부대도 역시……."

녀석이 내 표정을 살피고는 두 손을 앞으로 내민 채 어깨를 으쓱해 보였다. 나는 가슴이 뻥 뚫리는 기분이 들었지만 애써 덤덤한 척 고개를 숙였다. 그날 이후부터 녀석이 좋았다. 나와 같은 생각을 하고 있다는 동료 의식 같은 걸 느꼈다고나 할까. 한편으로 내 머리는 상부의 명령에 의해 마루타를 죽였을 뿐이었다는 합리화와는 다른 답을 찾아야 했다. 그런데 오늘 만난 녀석에게서 그동안 쌓은 신뢰가 와르르 무너지고 말았다. 어떤 게 녀석의 진짜 모습인지 헷갈렸다. 녀석은 생각보다 731부대에 대해 많은 것을 알고 있었다. 마루타 중에는 러시아인, 중국인, 몽골인, 조선 사람도 열 명이나 되며, 조선 사람은 독립 운동에 참여했다 잡혀온 사람들이 대부분이라는 사실까지 알고 있었다. 이들이 '특설 감옥'에 갇혀 세균과 세균 무기를 실험하는 재료로 사용되고 있다는 것도.

암컷 마루타

암컷 마루타의 배가 몹시 쿨렁거렸다.

"일자리를 준다고 해서 왔는데 이렇게 될 줄 몰랐어요. 선생님, 아기를 살려 주세요."

"전 명령을……"

"선생님, 이 아이만은 살려 주세요. 세상에 태어나지도 못한 채 실험용 관에 들어가는 건 너무 가혹하잖아요. 전 죽어도 좋으니 제발 이 아이만은 살려 주세요."

"자신보다 아기가 더 중요……"

"아기가 더 소중해요."

암컷 마루타가 말끝을 뭉텅 잘라 버렸다.

"하고 싶은 말을 해 보세요. 제가 글씨를 쓸 테니."

"감사합니다."

"당신을 도울 사람에게 이 내용을 보여 줄 겁니다."

난 이찌에를 떠올렸다.

"감사합니다."

암컷 마루타가 눈물을 흘렸다.

지금 다른 부대 강당에서는 세균 도기 폭탄 실험을 앞두고 특별 무대 공연이 열리고 있다. 특별 무대 공연이라지만 위안부들이 나와 노래를 부르고 춤을 추는 게 다였다. 위안소 소장인 다나카는 위안소 벌이가 시원찮아지면서 부상병을 돌보는 일과 군인들 옷을 세탁하는 일부터 특별 공연까지 먹이를 향해 달려드는 하이에나처럼 돈이 되는 일은 닥치는 대로 했다. 6월로 접어들면서 밀려드는 부상병 돌보는 일도 위안소가 떠맡게 되면서 이찌에를 만나는 일도 쉽지 않았다.

암컷 마루타가 쓴 쪽지를 들고 강당으로 갔다. 돈독이 잔뜩 오른 다나카에게 50원을 주며 이찌에를 불러 달라고 부탁했다. 파란 기모노에 게다를 신은 다나카가 야릇한 웃음을 흘리며 서둘러 무대 뒤편으로 갔다. 잠시 뒤, 이찌에가 나왔다.

"이건 읽고 나서 반드시 태워야 해. 자세한 얘기는 다음에 할게."

어리둥절한 표정을 짓고 있는 이찌에를 두고 부대를 빠져나왔다. 며칠 전 중국인 시장에서 만났던 조선족 부부를 만나기 위해서였다.

작년 가을, 이시이 시로 중장의 명령으로 731부대에서 만든 세균 실험을 이들 부부가 살았던 배나무 골에다 한 적 있었다. 그 바람에 마을 사람들은 장질부사에 걸려 절반 이상이 죽었다. 조선족 남편은 내가 준 해열제로 겨우 목숨을 건질 수 있었다. 그러나 뇌에 이상이 생겨 어린아이가 되고 말았다. 이 사실을 알 게 된 건, 중국인 시장에서 나를 먼저 알아 본 조선족 부인 때문이었다.

중국인 시장에 도착해서 남편에게 줄 과자와 사탕을 산 뒤 과일과 채소를 파는 곳으로 갔다. 오늘도 조선족 부부는 집에서 따온 토마토며, 채소를 팔러 나왔다. 토마토를 사는 척 바구니 앞에 앉았다.

"저를 좀 도와줄 수 있나요?"

"뭘 도와야 하나요?"

나는 부인이 해야 할 일을 말해 주었다. 부인의 눈이 화등잔만 해지더니 물었다.

"아기를 제가 키우게 해 주시겠어요?"

"마루타 아기를 키우겠다는 말인가요?"

"그래요. 제가 키우고 싶어요."

부인의 단호한 대답에 나는 고개를 끄덕였다. 그리고 이찌에에게 받은 공책에 대한 처리도 자세히 일러 주었다.

"이 편지는 731부대가 철수한 뒤, 이찌에에게 전해 주시면 됩니다."

밀봉한 봉투를 받아 든 부인이 웃으며 고개를 끄덕였다.

소년 마루타

　연합국의 반격으로 전쟁은 최악이 되었다. 이것은 731부대의 활약을 앞당겨야 할 이유이기도 했다. 이시이 시로 중장이 개발한 세균 도기 폭탄 실험 일도 한 달을 앞당겨 이틀 뒤로 잡혔다. 지금 대일본제국이 살 길은 세균 도기 폭탄밖에 없다고 했지만, 세균 도기 폭탄의 가공할 만한 위력으로 죽어 갈 사람들을 생각하니 숨이 멎을 것 같았다.

　이시이 시로 중장은 마루타를 대상으로 실험할 시간이 얼마 남지 않았으니, 되도록 많은 실험을 하라는 특별 명령을 내렸다. 나를 비롯한 의사들은 하루에 2~3시간만 쉬고 나머지는 생체 실험에 몰두해야 했다.

　오늘은 여러 반이 합동으로 생체 실험을 하게 되었다. 마루타는 겨우 열두 살에서 열세 살밖에 안 된 앳된 소년이었다. 겐 유아사가 날카로운 주삿바늘로 소년의 팔뚝에 마취를 놓았다. 온몸에 마취가 퍼지자 소년의 몸은 알코올로 깨끗이 닦였다.

해부대를 둘러싼 다베반 반원 중에서 가장 유능한 나카무라가 손에 메스를 쥐고 한 걸음 소년 앞으로 다가섰다. 흉곽을 따라 Y자형으로 메스가 들어갔다. 코헬 감지로 지혈된 피부에 핏방울이 하나둘씩 맺혔다. 이내 소년의 하얀 지방이 드러났다. 소년의 체액이 묻은 메스가 번들거렸다. 피거품이 쏟아지는 속에서 하반신에서 장기들을 드러내자 소년의 하반신은 텅 비었다. 그 장기들은 포르말린 액 속에서도 여전히 꿈틀꿈틀 수축운동을 되풀이했다. 마치 소년 대신 '살려 주세요.' 애원하는 것 같았다.

위를 떼어 내고 폐까지 잘라 내자 소년은 머리만 남았다. 장, 췌장, 신장, 위가 양동이 속에 따로따로 던져 넣어졌다. 다른 의사들이 그 장기들을 곧바로 양동이에서 집어내 포르말린 액이 든 용기에 넣고 뚜껑을 덮었다. 이제 미나또 반의 한 의사가 소년의 귀와 코 사이에 메스를 가했다. 두피를 벗겨 낸 뒤에 톱으로 두개골을 팔각형으로 잘랐다.

협박

　마사오 중위는 내가 힘들 때마다 말없이 손을 내밀어 주었다. 마취 실험을 받아 죽기 직전인 마루타들의 목을 조르라는 선배 의사의 명령으로부터 나를 구해 주었고, 731부대 자료를 몰래 빼돌리고 있다는 사실을 알면서도 모른 척해 주었다. 이찌에에게 자료를 맡기고 있다는 사실까지도 말이다. 그래서 데이비드가 어떻게 해서 돈 이야기를 꺼내게 되었는지 묻고 싶었지만, 망설일 수밖에 없었다. 어쩌면 데이비드가 나와 마사오 중위 사이에 덫을 놓았는지도 모른다는 생각을 하면서.

　똑똑, 노크 소리가 요란했다.

　"들어오세요."

　마사오 중위였다. 외출을 하고 돌아온 모양인지 태양 볕에 익은 얼굴이 벌겋다.

　"데이비드 대위를 만나고 오는 길입니다."

　"데이비드는 무슨 일로……."

"할 얘기가 있다며 꼭 만나야 한다고 해서요."

"무슨 얘깁니까?"

"미오 님을 만날 수 없어 저에게 연락한 모양입니다."

"보시다시피 실험 때문에 잠도 못자고 있어서요."

입술을 꾹 다문 마사오 중위가 고개를 끄덕였다.

"무슨 말을 했는지 궁금하지 않으세요?"

"……."

"아돌프 아이히만을 아냐고 묻더군요."

"……."

"공책을 넘기지 않으면 미오 님을 가만두지 않겠답니다."

"가만두지 않으면 어쩌겠다는 거죠?"

"미오 님, 돈만 받고 넘기면 되는데 뭐가 문젭니까? 문제가 있다면 제가 다 해결해 드리겠습니다."

마사오 중위의 말속에 짜증이 묻어 있었다.

"중위님께서 어떻게요?"

"데이비드 대위가 원하는 대로 하면 되지 않겠습니까."

"데이비드가 원하는 게 뭔가요?"

"당연히 미오 님의 공책이죠. 데이비드 대위는 공책 값이 얼마지 정확히 아는 분입니다."

"공책 값이 얼마라 하던가요?"

"그게……."

"중위님, 중위님은 제가 돈 때문에 데이비드를 만났다고 생각하시나요?"

"물론 아니겠죠. 그런데 돈을 준다는데 뿌리칠 이유가 없지요."

"제가 하려는 일은 양심적인 일이에요. 돈 따위는 필요 없어요."

마사오 중위의 굵은 눈썹이 움찔거렸다.

"죽을 수도 있어요."

"그런 게 두려웠다면 이런 일을 만들지도 않았을 겁니다."

"데이비드 대위를 소개해 달란 건 미오 님이었습니다."

"후회하고 있습니다."

"일이 이렇게 된 이상 데이비드가 원하는 대로 돈을 받고 공책을 넘기시죠."

미오는 마사오 중위가 자신을 협박하는 것 같아 불쾌했다. 그러나 마사오 중위에게 자신의 속마음을 들키는 게 싫어 짐짓 부드러운 목소리로 말했다.

"마사오 중위님, 제가 어떻게 할까요?"

"제가 적극적으로 도울 테니 공책을 넘기십시오. 지금 당장 이찌에를 만나 가져올까요?"

"공책을 가져오는 일은 제가 하겠습니다."

그제야 마사오 중위 얼굴에 알듯 모를 듯 미소가 퍼졌다.

가면을 벗다

암컷 마루타는 자신의 생명을 아기에게 주고 세상을 떠났다. 수술 흔적을 없애기 위해 암컷 마루타를 건물 뒤쪽 시체 소각 장으로 옮겨야 했다. 도기 폭탄 실험을 끝마치고 돌아오기 전에 말끔히 처리해야 하기에 서둘러 암컷 마루타를 밀차에 실었다.

마사오 중위가 있었다면 신속하게 처리할 수 있었을 테지만 더는 약점을 잡히고 싶지 않았다. 간신히 시체 소각장으로 가 암컷 마루타를 구덩이에 던져 넣고 방으로 들어왔을 때 동이 터 올랐다. 미리 준비해 놓은 알약을 물과 함께 삼키고는 침대 위에 누웠다. 이내 깊은 잠속으로 빠졌다.

"미오 님, 미오 님……"

누군가의 목소리가 꿈결처럼 들렸다.

"미오 님, 미오 님……"

온몸이 흔들리는 것 같기도 했다.

"미오 님, 이찌에가 도망쳤어요. 공책을 가지고 도망쳤단 말입니다."

'이찌에가 탈출을?'

"미오 님, 정신 좀 차리세요."

난 깊은 잠에 빠진 척 눈을 뜨지 않았다.

"또 수면제를 먹고 잠든 모양이군……. 이럴 줄 알았으면 다른 놈을 데이비드에게 소개할걸 그랬어. 쯧!"

마사오 중위는 탁자 위에 놓인 약통에다 화풀이를 한 뒤 방을 나갔다.

이찌에가 탈출할 줄 몰랐다. 공책이 조선족 부인에게 넘어간 줄 모르는 마사오 중위는 눈에 불을 켜고 이찌에를 찾을 텐데, 잘된 일이다. 이찌에는 통행증이 있으니, 다나카와 마사오 중위 손아귀만 벗어나면 고향으로 돌아가는 데 큰 문제는 없을 것이다. 위안소를 탈출할 거라고 귀띔해 줬더라면 돈을 더 줄 수 있었는데. 그런데 공책은 어떻게 해야 하지…… 이런 생각을 하고 있는데 이시이 시로 중장이 들어왔다. 나는 구석에 쪼그리고 앉아 오돌오돌 떨었다.

"무서워…… 무서워……."

"미오야, 갑자기 왜 이러니……."

"무서워…… 살려 줘……."

"정신 좀 차리거라. 실험도 실패했는데 너마저 이러면 어쩌니……. 이제 곧 본토로 돌아갈 거다. 아무 걱정하지 마라."

이시이 시로 중장 목소리가 떨렸다.

마사오 중위는 시간이 날 때마다 방으로 찾아와 협박했다. 데이비드에게 돈을 받지 못하면 당신을 죽여 버리겠다, 이찌에를 끌고 와 공책을 찾을 거라며 눈을 부라렸다. 그것도 모자라 내 발목을 묶어 놓을 깜냥으로 방 밖에다 보초를 세워 놓았다.

나는 마사오 중위의 횡포를 고스란히 참아 내도 좋으니 이찌에가 무사히 탈출에 성공하길 빌었다. 그러나 내 바람과는 달리 이찌에와 열한 명의 위안부는 사흘 만에 헌병대에 잡혀 끌려오고 말았다.

독가스 실험

마사오 중위 손에 이끌려 간 곳에는 군인 두 명이 조립식 바퀴가 달린 밀차 기둥에다 마루타를 동여매고 있었다. 밀차는 이동이 쉬워 독가스 실험장으로 이동할 때 이용되었다.

"풀어 줘. 풀어 달란 말이야!"

수컷 마루타가 고함을 질렀다.

"조용히 하지 못해!"

"난 죽기 싫어. 이 짐승만도 못한 놈들. 날 여기서 풀어 줘!"

"이게……."

경비 임무를 맡은 특별반원들이 발버둥 치는 마루타에게 몽둥이를 내리쳤다. 그 바람에 마루타는 정신을 잃었다. 그제야 밀차는 서서히 움직여 독가스 실험장으로 옮겨졌다.

실험장은 사방이 투명한 유리창으로 되어 있어 밖에서도 안을 들여다 볼 수 있는 작은 방이다. 실험장 문을 열고 마루타를 동여맨 밀차를 밀어 넣고 문을 닫았다. 그리고 실험할 때마다 같이 넣는 새, 쥐, 개, 닭, 비둘기도 집어넣는다. 독가스의 종류와 농도에 따라 때로는 마루타에게 방독면을 씌우고 군복을 입혀 실험실에 밀어 넣을 때가 있고, 완전히 옷을 벗긴 채 실험하기도 한다. 이번 마루타는 온몸을 발가벗겼다.

잠시 뒤, 밀차 기둥에 묶인 마루타가 정신을 차렸다. 그의 눈은 커질 대로 커져 눈알이 밖으로 튀어나올 것 같았다. 온몸은 사시나무 떨듯 떨고 있었다.

"여기가 어디야? 날 내보내 줘."

"이 악마들아, 날 여기서 꺼내 줘."

수컷 마루타는 고함을 질렀다.

"독가스 살포!"

구멍으로 독가스가 뿜어졌다. 캑캑거리던 마루타가 맹수와 같이 고함을 치며 미친 듯이 몸부림을 쳤다. 함께 있던 동물들도 몸부림을 쳐 댔다.

수컷 마루타는 이내 입으로 흰 거품을 내뿜으며 두 눈을 부릅뜬 채 사지를 뻗었다. 그 순간, 마루타의 목덜미가 툭 꺾였다. 수컷 마루타는 숨을 거뒀다. 마루타의 생명 강도는 대체

로 비둘기와 비슷하여 비둘기가 죽을 때면 마루타도 숨이 넘어갔다.

"미오, 계속 거짓말하면 너도 저렇게 될 거야."

마사오 중위가 독가스실을 가리키며 으름장을 놓았다.

"조선족 부인에게 맡긴 게 맞아? 이찌에는 네가 시키는 대로 조선족 부인에게 공책을 넘겼다고 했어. 이찌에가 거짓말을 했다면 이찌에 역시 이렇게 만들어 버리겠어. 대답해! 조선족 부인에게 맡긴 게 맞아? 맞냐고? 너도 저렇게 죽고 싶어?"

나는 히죽히죽 웃었다. 아니, 웃어야 했다.

비겁한 도망자

"미오야, 가자."

"무서워……."

"본토로 가는 거다. 부모님 곁으로 돌아가는 거야."

이시이 시로 중장이 손을 끄는 대로 따라서 밖으로 나왔다.
부대 마당은 구덩이마다 죽은 마루타들이 산처럼 쌓여 있었다.
독가스로 죽임을 당한 마루타들의 흔적을 없애기 위해 구덩이에
다 넣고 불을 질렀다. 더러는 자루에 담겨 송화강에 버려졌다.

"미오야, 어서 비행기에 타거라."

멍하니 서 있는 내 팔을 이시이 시로 중장이 끌었다.

"미오, 미오……."

"……."

"미오……."

"이찌에……."

나는 이찌에를 향해 달려갔다. 이시이 시로 중장의 다급한

목소리가 들려왔지만 멈출 수 없었다. 이찌에에게 꼭 해야 할 말이 있었기 때문이었다.

"이찌에, 잘못했어."

나는 이찌에 앞에 무릎을 꿇었다.

"이렇게 비겁하게 떠나지만, 너희에게 얼마나 잔인한 일을 저질렀는지 세상에 알려 줄게. 미안해."

"미오?"

"이찌에, 마사오 중위를 피해. 널 죽일지도 몰라."

나는 이찌에가 준 나무 새를 보여 주며 말했다. 그때 숨을 헐떡이며 마사오 중위가 달려왔다.

"마사오 중위, 나는 네가 한 일을 다 알고 있었어."

"미오, 너……."

"그래, 난 미치지 않았어. 아주 정상적이지."

"감히…… 나를 속여? 이찌에를 죽여 버리겠어."

"그럴 수 없지. 이시이 시로 중장님께 마사오 중위 당신이 데이비드 대위에게 731부대 자료를 모두 넘겼다고 말해 버릴 테니까."

"그건 너잖아?"

"이시이 시로 중장은 내 말을 믿겠지. 지금 이 순간부터 이찌에에게서 떨어져."

마사오 중위 얼굴이 심하게 일그러졌다.

타타타타……

이시이 시로 중장의 사위가 운전하는 비행기는 불바다가 된 731부대를 한 바퀴 돌고는 어둠 속을 날았다. 이찌에가 서서히 멀어졌다.

소녀와 작은 새

"자, 지금부터 개구리 해부를 시작하겠습니다. 먼저, 가지고 온 개구리가 움직이지 못하도록 네 다리를 핀으로 고정시키세요. 이렇게요."

선생님께서 파르르 떨고 있는 개구리 다리에다 핀을 꽂았다. 동무들이 선생님이 시키는 대로 개구리 다리에다 핀을 꽂았다.

"미오 유타카, 넌 안 하고 뭐 하니?"

"……."

"어서 해."

"못 하겠어요."

"어서 해. 이렇게 하란 말이다."

선생님이 들고 있던 메스로 개구리 배를 가르며 미오 손에 메스를 쥐여 주었다.

"싫어요…… 싫어요…… 으아악."

오늘도 악몽을 꾸었다.

"미오, 잊어라. 731부대 일은 잊어."

아버지는 깊은 밤 마루 끝에 앉아 있는 나에게서 불길한 예감을 감지하셨다. 지나간 시간을 잊어버리라던 돌아가신 아버지 말씀처럼 나도 잊고 싶었다. 잊으려 애를 썼다. 그런데 70년이 지났지만, 731부대에서의 기억은 지워지지 않았다. 오늘따라 끔벅이는 개구리눈이 생체 실험으로 죽은 소년 마루타 눈 같았다. 본토로 돌아온 난 아무것도 보지 않았고, 아무 일도 저지르지 않은 듯 살았다.

서랍에 넣어 둔 사진을 꺼냈다. 그 옛날 일본군 성 노예였던 소녀 이찌에에게 난 뭘 원했을까? 이찌에에게 받은 공책을 731부대가 떠나면 편지와 함께 다시 돌려주라고 조선족 부인에게 부탁한 이유는 뭐였을까? 난 내가 해야 할 일을 이찌에에게 떠넘긴 비겁자였다.

얼마 전, 한국에 다녀온 아들이 찍어 온 사진이 아니었다면 나는 비겁자로 삶을 마감했을지도 모른다. 사진 속 소녀상을 보는 순간, 왈칵 눈물이 쏟아졌다. 명치끝이 아리고 숨조차 제대로 쉴 수 없었다. 두 주먹을 불끈 움켜쥔 채 앉아 있는 소녀의 어깨에 작은 새 한 마리가 앉아 있었다. 나는 장롱 깊숙이 넣어 둔 나무 새를 꺼내 사진 옆에 올려놓았다.

"이찌에, 미안해. 약속을 지키지 못했어……."

"……."

"우리가 저지른 잘못을 세상에 알리겠다는 약속을 지키지 못했어요."

나는 주먹으로 가슴을 쳤다.

나는 아들 내외의 걱정을 뒤로 한 채 부랴부랴 하얼빈으로 떠났다. 하얼빈 시내에서 남동쪽으로 25Km 떨어진 핑팡취에 있는 '침화일군 731부대 유적지'를 찾았다. 헌병대들이 보초를 섰던 입구를 지나자 죽은 나무 한 그루가 서 있었다.

가슴이 철렁 내려앉았다. 죽은 나무가 마치 내 손에 죽어 간 마루타 같았다. 영하 40도가 넘는 추운 겨울, 이곳에서 동상 실험을 했던 그날의 잔인함에 몸서리쳐졌다. 살려 달라는 소년 마루타의 눈빛을 외면했던 나였다. 새로 지은 731부대 건물을 돌아보는 내내 눈물을 멈출 수 없었다.

"나는 상부의 명령에 따랐을 뿐입니다."

마사오 중위는 놀랍도록 떳떳하고 당당하게 말했다.

"저는 30년 동안 살아 있는 사람 6,300여 명을 실험 대상으로 썼고 수많은 세균전과 화학 무기로 수십만 명을 살해했습니다. 그런데 트루먼은 히로시마와 나가사키에 원자탄을 떨어뜨려 일본인 수십만 명의 생명을 빼앗았습니다. 저와 트루먼 중에 누가 더 천인공노할 일을 저질렀을까요?"

이시이 시로 역시 당당했다.

무엇이 이들을 이토록 당당하게 만든 것일까. 돈과 권력과 명예 때문인지도 모르겠다. 나 역시 죄인이 아닌 훌륭하고 뛰어난 교수로 살아왔으니 어쩌면 마사오 중위나 이시이 시로와 다를 바가 없다. 돈과 권력과 명예를 얻었으니.

기억하고 기억하겠습니다

하얼빈에서 비행기를 타고 한국으로 갔다. 아들이 찍어 왔다는 사진 속 소녀상이 있는 곳부터 찾았다. 마침 그날은 수요일이었는데, 사람들이 많이 모여 있었다. 기네스북에도 올랐다는 수요 집회에 많은 사람이 참석하였다.

한 시간이 넘도록 사람들은 마이크를 들고 얘기를 하기도 하고 노래도 불렀다. 알아들을 수 없었지만, 내 마음에 소용돌이가 휘몰아쳤다. 소녀상 앞에 꽃다발을 갖다 놓는 어린 소녀를 보자 참았던 눈물이 터지고 말았다. 그 옛날 이찌에 또래의 소녀였다.

나는 근처 꽃집으로 가 하얀 안개꽃 한 다발을 샀다. 사람들이 떠난 소녀상 앞에 꽃다발을 올려놓았다. 그리고 이찌에가 다듬어 준 나무 새를 소녀에게 보여 주었다.

"이찌에, 잘살고 있나요?"

"……"

"난 그동안 비겁자로 살았어요. 당신과 한 약속을 지키지 못했어요."

"……."

"그때도 지금도 날 용서하지 못하겠죠?"

"……."

"그런데 이제 내가 해야 할 일이 뭔지 알게 되었어요. 당신과 한 약속을 지키려 해요. 일본군 성 노예로 살아야 했던 당신들의 고통과 생체 실험을 했던 우리의 죄악을 세상에 알릴게요. 우리가 잘못했어요."

난 소녀상을 안았다.

"……."

"이찌에, 잊지 않고 기억할게요. 기억하고 기억할게요."

이찌에 얼굴에 희미한 미소가 번졌다.

검은 태양

초판 1쇄 찍은날 2017년 5월 15일
초판 1쇄 펴낸날 2017년 5월 25일

글 장경선 | 그림 장경혜
펴낸이 서경석
책임편집 류미진 | 디자인 최진실
마케팅 서기원 | 제작·관리 서지혜, 이문영
펴낸곳 청어람주니어 | 출판등록 2009년 4월 8일(제 313-2009-68호)
주소 경기도 부천시 부일로483번길 40 서경빌딩 3층 (우)14640
전화 032)656-4452 | 팩스 032)656-4453
전자우편 juniorbook@naver.com
카페 http://cafe.naver.com/chungeoramjunior
페이스북 http://facebook.com/chungeoramjunior

ISBN 979-11-86419-31-1 44810
      979-11-86419-32-8(세트)

이 도서의 국립중앙도서관 출판시도서목록(CIP)은 서지정보유통지원시스템 홈페이지(http://seoji.nl.go.kr)와
국가자료공동목록시스템(http://www.nl.go.kr/kolisnet)에서 이용하실 수 있습니다.(CIP제어번호 : 2017010179)